麦克米伦世纪童书

麦克米伦世纪 全称北京麦克米伦世纪咨询服务有限公司,由全球最大、最知名的国际性出版机构之一的麦克米伦出版集团和二十一世纪出版社共同注资成立。

北京麦克米伦世纪咨询服务有限公司
北京市海淀区花园路甲 13 号院 7 号楼庚坊国际 10 层
邮编:100088   电话:010-82093837
新浪官方微博:@麦克米伦世纪出版

午夜一起去兜风

[美]安娜·班克斯 著　蔡　鑫 译

二十一世纪出版社集团
21st .Century Publishing Group™

谁说相斥不能相吸？

who says opposites don't attract?

1

　　沙克尔福德先生慢腾腾地从前门走进微风超市，门把上用绒线挂着的铃铛叮叮当当地响了几声。

　　　　　请别在我值班时归西。
　　　　　请别在我值班时归西。
　　　　　请别在我值班时归西。

　　他是这里的常客，差不多每天都在凌晨一点以后来，一般这时顾客已经寥寥无几。每次待他走后，我才开始打扫卫生。我看了看表：一点三十七分。

　　不早不晚。

　　年逾古稀的沙克尔福德先生酷似一块发霉的干面包，他的脸上、手上起着白花花的皮屑，患有白内障的眼睛里噙着眼屎。以前他有着年轻柔韧的肢体，或许还有开朗的性格——我说"或许"，是因为老人通常都有皱眉纹，而沙克尔福德先生的笑纹却很深，如今，这些都已被他体内缓慢的化学反应侵毁殆尽。他只在喝过酒后才会有点儿精神，我觉得这是酸洗①效果的功劳。不过有几次，醉醺醺的他把四号通道当成了卫生间。正因如此，每天我都要等他离开后再擦地。

我把微积分课本和作业摊在收银台上。他走过来，冲我点了点头，于是我知道，今晚他很清醒，应该不会在牛肉干货架旁小便。他甚至都没去解迷彩裤上的拉链——每次他一伸手，我就得马上带他去卫生间。

我听见他磨磨蹭蹭地走进最里面的通道，回来时，所剩无几的伏特加在他手中的瓶子里哗啦作响。我想抢先把书本收起来，但已来不及了。他将酒瓶放在一张绘图纸上，透过瓶子，我两秒前画上去的曲线被放大了许多。

"晚上好，卡莉。"他说。一阵酒气飘来，但他的口齿还算清楚。他端详着我面前的课本和作业，"数学啊，数学好，能让人终身受益。"

我敢说，他正在琢磨今晚要问什么。每次不论是否醉酒，他总要在付账前问我一个富有哲理的问题。有时我的答案并不合他的心意，但那又有什么关系？反正我在踏踏实实地生活，没有醉生梦死地过日子。昨晚他问我："是做疾病缠身的富人好，还是做身强力壮的穷人好？"当然，我得先弄清楚，他所谓的"病""富""穷"都到了何种程度。他回答我："病入膏肓""腰

---

① 酸洗：用酸性化学试剂将机器部件上生的锈洗掉，使之运转更为灵活。

缠万贯"“一贫如洗”。

于是我答，最好做一个病入膏肓的富豪，这样生前可以享受到贴心的照料，死后还能给所爱的人留下一笔财产，而不是仅仅把悲痛与殡葬开销账单丢给他们。在这个国家，快快乐乐地做身体健康的穷人不过是一种理想，一种大多数穷人都无暇思量的理想，因为他们都在忙着赚钱填肚皮、付电费。

我和哥哥胡里奥就是这样。

有人会说，我对生活的看法过于悲观云云，不过一般人总是分不清悲观与现实，现实主义者则不然。

沙克尔福德先生翻着脏兮兮的迷彩布钱包，从平日携带的一沓百元大钞中抽出二十美元——这也许是钱包里唯一一张小面额钞票。我照常给他找了零。他把纸钞塞进钱包，又把七美分硬币扔进收银机前的硬币碟里。我将那个酒瓶装进一个棕色纸袋里，准备回答他的问题。

他把钱包夹在腋下，开口问道：“如果没有经历过真正的贫穷，能够体会到真正的幸福吗？”

我白了他一眼：“可以，沙克尔福德先生，绝对可以。”我喜欢跟沙克尔福德先生聊天，他平易近人，既不武断，也不偏激。大多数顾客在结账时都会一言不发，我身上没有一丝美国人的影子，他们都把我当作偷渡来的墨西哥人。可他们错了，我出生在这里——佛罗里达州的霍林郡。

我是美国人，胡里奥也是。

沙克尔福德先生从不另眼看待我。我只有十六岁，却能跟一位老富翁平起平坐，这种感觉有点儿奇怪，还有点儿酷。

沙克尔福德先生努努嘴，说："金钱可买不来幸福。"我们争论的所有问题都源于这句被他挂在嘴边的话。

我耸了耸肩："贫穷也带不来快乐。"

他笑道："简单有简单的好。"

"贫穷跟简单并不是一回事。"他肯定知道自己的话有多虚伪，一会儿他就要开着崭新的皮卡回到那栋大别墅去，边畅饮边看电视——我觉得那样过日子才算简单。

可他绝不是个穷人。

还有，当你穷到连生活必需品也只能挑着买；当你忍饥挨饿，只为多省点儿钱寄给家人；当学校让你花一百美元买一部计算器在微积分课上用，而你不上这课就拿不到日夜为之奋斗的奖学金——这种日子哪里还有简单可言！

过贫穷的日子并不简单。

"怎么不简单？"他追问着，伸出三根手指，"穷人只需要工作、吃饭、睡觉，这简单的生活自有一种安宁——一种富人永远体会不到的安宁。维格小姐①，富人的生活，简直是一出闹剧啊：要付一大笔税款，有好几位前妻要应付，官司缠身，还得耐住性子陪着八竿子打不着的亲戚度过一个个漫长而又无聊的假期，有钱人还是时尚潮流的奴隶……"

我觉得这话很荒谬，更怀疑他是时尚的牺牲品。瞧他对土气的法兰绒情有独钟的穿衣风格，恐怕他对时尚的理解还停留在 1972 年左右。

---

① 女主人公的全名是卡洛维·贾斯敏·维格，卡莉是其简称。

"嗯,有钱人的烦心事还真不少。"我冷冷地打断了他的话。

他笑了,说:"你可以反驳我啊,维格小姐。"他取出腋下的钱包,拿掉酒瓶上的纸袋,认真地慢慢拧开瓶盖,"你也说说你的烦恼吧,说说穷人的生活有多不容易。"他喝了一大口酒,等着我开口。

刹那间,我不想再谈这个问题了。

众所周知,沙克尔福德先生腰缠万贯,而他也清楚,我家舍不得用百元大钞当厕纸,所以我不得不在加油站超市里值夜班。他在窥探我的生活,不是吗?他的事人人都知道——富豪名流的生活不过是他们自导自演的闹剧,有的是观众。

穷人的"有趣"生活则不同,媒体甚少关注。那颗蒙尘的真相宝石,只有穷人自己去擦亮。生活的真正滋味,只能自己体会。

所以,沙克尔福德先生想要了解的,并不是我对穷人的看法,而是我的生活——我自己的生活。他想知道我的境况有多糟糕,至少我觉得是如此。我不自在起来,不知我们以后还能不能心平气和地对话。难道他一直都在窥视我的内心?难道他一直都想……想让我承认,我是个穷人?

或许是我想多了。

我不想要他的同情,更不想向他索取什么。要怎样才能跟别人说清楚,我是个有骨气的人?反正我得让他明白这一点。

问问他要不要我扶他上车呢——算了。

"我得干活儿了。"我说。

他的眼中闪过一缕失望的光。在酒精的作用下,连这道光都变得迟疑起来。以前我从未回避过他的问题。

"好吧，"他颤巍巍地盖上瓶盖，又把瓶子塞进皱巴巴的纸袋中，"下次再说吧。"

我想告诉他"没有下次了"，我想说"探讨道理可以，但谈我的事没门儿"，然而最后我只是拿起纸袋，装作怕酒瓶掉出来的样子，帮他把袋口折好。

"谢了。"他敲了敲收银台，我以为他又要啰唆，正想着怎样反驳，可他只是说一句，"晚安，维格小姐。"

"您也是，沙克尔福德先生。"

他开门出去时，门上的铃铛又响了几声，我看见他把手伸进口袋摸索车钥匙。是出去帮忙还是接着做我的微积分作业？出去的话，或许可以让他早点儿离开，但也可能会让他再次打开话匣子，继续谈论那个让我一下子尴尬不已的话题。

还是做作业吧。

两分钟过去了，居然还没听见皮卡引擎发动的声音，我抬头望了望，瞬间便后悔了，可有些事不是我不想看就看不见的。

我的心跳到了嗓子眼儿——沙克尔福德先生正后背紧贴车身，双手高高举起，胳膊与膝盖抖得厉害，双腿并拢，仿佛尿急一般。有个男人正用步枪指着老先生的脑袋，男人个子很高——要不然就是那顶牛仔帽使他显得很高，用一件破旧的蓝色 T 恤遮着脸。他说了句什么，但声音不大，我听不清，只看见他的遮脸布抖了几下，沙克尔福德先生的嘴唇同时动了动。他们正在进行一场十分严肃的对话。

沙克尔福德先生没准儿会犯心脏病。

现在是我值班。

好在我很矮，稍稍弯腰就能取出藏在收银台后面的猎枪。

可是，我根本不会用枪，在自己中弹前瞄准他的可能性几乎为零，而且我也没有对付劫匪的经验。

好在那名劫匪并不是冲我来的——或许他觉得我弱不禁风，或许他知道沙克尔福德先生的钱包比我们的收银机还充实。他一直背对着我，因此我断定——他是世上最笨的匪徒；可我迟迟没有从后门跑出去报警，我恐怕是世上最迟钝的店员。是马上报警，还是出去帮沙克尔福德先生脱离险境？上帝啊！

"别逞英雄。"我对自己说。

我不想做英雄，可我是个活生生的人。

我一把抓起猎枪，想翻越收银台，然而我先是碰落了作业本，随后重重地摔在地上，轻轻地惨叫了一声。

劫匪转过身，诧异的目光越过遮脸布射了过来：一个一米六的笨蛋正颤巍巍地举枪对着他。但愿我扣住了扳机——不不，还是不要吧。

我不由自主地向门口挪去，推开门，铃铛不满地响了几下。我无法像解救人质的特种兵那样从容不迫，只知道要拼尽全力跑过去。尽管笨拙得像穿了靴子的鸵鸟，慌乱得像被打晕了的苍蝇，不过我始终没有退缩。"跪下！"我喊道，我害怕极了，但声音居然出奇地坚定，"不然小心你的……我要开枪了！"

既然不知道该朝哪里开枪，索性直接一点儿——而这正是我的专长。

"嘿，我说……"男子开口了，这个声音我肯定在哪儿听过。

遮着脸的男子睁大了眼睛，我身后的橱窗里用霓虹灯打着啤酒广告，在蓝色荧光的映照下，我根本看不清他眼睛的颜色，也辨认不出他的面容。"别激动，"他冷静地说，好像我才是那个胁迫无助老人的恶人，"我不想伤害你，这是我跟他之间的事。"

让我又惊又怕的是，我竟然上前一步，说："我让你跪下！快点儿！"

天哪，我简直是在找死。倘若他看出我是在虚张声势怎么办？要是他挑衅我让我开枪怎么办？我都不知道这枪的保险有没有打开——上帝啊，我甚至不知道这枪有没有保险！

劫匪犹豫了几秒钟，随后举枪对准了我的头，向我面前走了三步。我吓得魂飞魄散，一边恨自己懦弱，一边慢慢退后，但还是在超市的玻璃门前停住了脚步，也许怯懦也是有底线的。

"这样吧，"他粗声粗气地说，"你把枪放下，回店里去，待在薯片货架旁边——我能看见你的地方。"他用枪口比画了一下。

"不！"

一股怒气从他的遮脸布下喷了出来："你还真有种！"

"你先放下枪。"我说。假如他同意，我也会照做，可接下来该怎么办？从要入库的糖果箱子上揭下胶带，把他捆起来吗？

"你疯了吧，小不点儿？找死吗？"

天哪，我把他激怒了。

"我……我想让你放过沙克尔福德先生。"

他白了我一眼，说："你放下枪，我就不碰他。"

我想听他的话，真的，我想活命，但这支枪是我唯一的筹码。

"不！"我说的是"不"吗？我说了"不"？

"好，那你就举着吧。不然这样，"他用手背擦了擦额头上的汗珠，"我走，你别拦我。"

"我要报警！"

"上帝啊，你以为你是谁？你连枪都不会开，可我会，所以我说了算。要是你开火，我就还击，明白吗？"见我迟疑，他又补了一句，"我先打那个老头子。"

"不要！"我脱口而出，"别伤害他！"

他点了点头："那就让我走，你别动！"他端着枪后退了两步。

"可你还没抢劫我们呢。"我大声说，我真傻。

"笑话！你想让我抢？"

我扬了扬下巴："嗯，我是说……你是来干吗的？"

他摇了摇头，又端着枪朝着车尾退后几步："语无伦次，你疯了？！"

"记住！再来就对你不客气！"没错，我是疯了。

我话音刚落，他就转身向超市的一侧飞奔而去。我愣了一会儿才明白他想干什么：他骑着我的自行车从暗处蹿了出来，仿佛后面有一头狂怒的野猪在追赶他。自行车一个劲儿地摇晃，他一手抓着枪，一手扶着车把，不住地调整姿势来保持平衡。

我的。

自行车。

现在开枪肯定能打中他——如果我会用枪，如果保险被打开了……如果这枪有保险。

我端着枪，装模作样地把枪托抵在肩膀上，脑海中浮现出这样的场景：我一枪打爆了自行车的后轮，这家伙摔了个狗啃泥，那顶滑稽的牛仔帽如惊鸟般飞出老远。

　　然而，他的身影很快便消失在夜色中，惊魂时刻结束了。

　　我长舒了一口气，赶紧去看沙克尔福德先生。老先生瘫坐在地上，后背蹭掉了车上的一大片尘土。他抬头看见我，才敢伸直蜷着的腿，打着冷战说："是……是你救了我。"

　　当然是我救了他，我救了我们俩。

　　倘若被胡里奥知道，我会性命不保。逞英雄等于出风头，出风头就会引人注目。

　　然后你的秘密便无处遁形。

2

今晚的行动并不像雅登设想的那样顺利。事情本应很简单：抢走沙克尔福德外叔公的车钥匙，让他以后再也不敢"醉驾"。可一出小恶作剧最后是怎么变成一场大祸的？雅登仔细思索着。

首先，他没想到收银台后面的姑娘胆子那么大。"她竟然跟我举枪对峙，还有谁会这么做？"他想。员工手册上不是说，店员应该顺从持枪劫匪的要求，不要反抗吗？可那个姑娘——她叫什么来着，卡拉、卡萝尔还是什么——竟然抽出一支猎枪，给他下了最后通牒。早知如此，以前就该在上课时多注意一下她。可不论怎么看，她都是个内向、柔弱、怯懦的姑娘啊：每天穿着普普通通的 T 恤和牛仔裤，从不举手发言，也不跟别人说话，还不化妆——至少雅登这样觉得，一直默默无闻地上着课，仿佛生怕被别人注意到。如果没有今晚的经历，他根本就不会意识到她的存在。见鬼，直到上个星期二他才留意到，他每天跟她一起上三节课。

再者，雅登原以为，那姑娘会躲在收银台后面，任由他对外叔公为所欲为。也许她会报警，不过雅登不怕。格拉斯副警长很称职，但昨晚他接到匿名报警，去市郊一栋废屋处理非法入室案了。因此雅登觉得，只要自己动作快一些，就能赶在警察到来之前好好吓吓他老人家。

就算被捕，雅登也不在乎。出于某种原因，爸爸不会让他背负罪名。不过，现在他也不敢确定——这次祸闯得太大，说不定老爸真的会忍无可忍。

最后，他偷了那姑娘的自行车。那辆女式山地车样式简单，就停在微风超市的侧门前。当时他想直接逃跑，可他的皮卡停在半公里外，万一在他跑向汽车的时候，她开枪怎么办？骑车可以逃得快一些，而且能够保证生命安全——谁知道那疯丫头还会做出什么事来？没准儿她自己都不清楚。揣摩她的心思很有趣，但了解到她根本无意退缩时，他便泄了气。总之，他为这场行动花费的所有心血都付诸东流。

雅登心烦意乱地把自行车停在他的福特皮卡前，然后把它轻轻地放在车斗里，生怕有任何剐蹭——偷她的车已经够混账了。没车骑她要怎么回家？但愿她父母会去接她。而且，格拉斯副警长每周一晚上值班，虽说他用了调虎离山之计，可如果那姑娘报警，格拉斯副警长一定会第一时间赶到"案发现场"，送她回家。

雅登挂好挡，上路了。他平生第一次系好安全带，规规矩矩地限速行驶。他脸上遮着 T 恤，车斗里放着别人的自行车，心中翻涌着被那个姑娘激起的好奇，这时还是别让警察拦下为妙。她这么勇敢，在学校里却从不显山露水，为什么呢？

还有，为什么外叔公一见他拿出枪来，便瘫在地上了？这位老硬汉以前不是经常给他和姐姐安布尔讲恐怖的战场见闻吗？老人说他做战俘时，每天只靠一小杯米过活；说他经常跟坏人搏斗；说他一回国就当上了这个郡的警长。可"本郡史上最铁骨铮铮的警长"今晚却没展现出一点点英雄本色。雅登原本准备痛痛快快地打一架，外叔公却只是扔掉酒瓶，软软地靠在车上，说不定还尿了裤子。

酒令胆气壮？未必。

雅登紧张地抓了抓头发。也许妈妈说得对，嗜酒如命的外叔公时日无多了。糟糕。对他来说，这位老人是比爸爸还要亲的人，是唯一可以与之交心的人。

"可是，如果真是这样，我早就该多关心一下他的。是不是因为我一心只想给老爸难堪，才连累了他老人家？"他想。

没错，他心知肚明。去年，雅登费尽心思，要跟新任警长，也就是他的父亲，"德高望重"的德韦恩·摩斯作对。安布尔去世后，他情愿退出橄榄球队、棒球队，宁可不要奖学金，甘愿放弃爸爸想要他继续从事的一切。可有那么一件事，是他无论如何都无法舍弃的：对沙克尔福德外叔公的感情。

雅登拼命回忆着上次去看外叔公的情形，可怎么都想不起来。如今又害老人犯了心脏病，再度缩短了他所剩无几的寿命——倘若他还能再活几年的话。

当时，老人似乎已经叩响了死神的大门，静静地等人答应。"我得去看看那个老家伙，"雅登想着，驶进自家院门，"还得把自行车还回去。"

3

　　直到格拉斯副警长的车开进房车停车场，我才松了口气。我想自己回家，可他非送我不可。好在他没开警灯，这个时候，停车场里一般没什么人。平日里，只有瑟诺拉·佩雷兹喜欢趁半夜坐在房车踏板上抽几口烟，而此刻她也不在。这就是住移民社区的好处：人人都辛苦工作，一到晚上累得只想睡觉。口口相传的八卦消息如同一条纽带，将来自五湖四海的人们紧紧团结在了一起，就连俄罗斯人也不例外。事实证明，八卦无国界。要是谁看见我被警车护送回家，以不同口音传出的流言蜚语很快就会满天飞。

　　我诧异地发现，我家客厅窗口透出了一缕微弱的光。难道胡里奥还没睡？我蹑手蹑脚地登上台阶，掏出钥匙开了锁，握住门把手一拉，门链还挂着——胡里奥把我锁在外面了。

　　他知道今晚出了什么事吗？

　　"胡里奥，"我冲着门缝轻声叫道，"开门呀。"

咚咚的脚步声从客厅传来，门被猛地关上了，我咬住了嘴唇。门链被拨动的声音随即响了起来，我后退一步，免得被打开的门撞到。

胡里奥疲惫地笑着跟我打招呼："怎么回来得这么晚，卡洛塔，今晚点货？"他一边说，一边往里面的小房间走——那间房六英尺长、四英尺宽，是房东所谓的"厨房"。我跳上台阶，关上门，上了锁，稍稍放下心来——倘若胡里奥看见那辆警车，肯定会大发雷霆，可他现在跟往常一样平静。胡里奥就这点好，能让人一眼看透。

"嗯。"我应付着，觉得有些失落。我看了看表，凌晨四点三十七分。他既然醒着，见我这么晚还没回家，为什么没去找我？要是我没在点货呢？哪怕我死在路边，他都不可能知道，因为他太忙了……但这时候有什么可忙的？不过说真的，我现在应该计较这么多吗？

从厨房里伸出来两条腿，这人下身穿牛仔裤，脚上套着靴子，正仰面躺在地上。"你来了，阿特米奥？"我把背包放在矮柜上，打了个招呼。

阿特米奥是我爸爸的老朋友。胡里奥说过，要在上工前请他过来一下，帮我们修厨房的水槽。胡里奥铺板墙很拿手，但不会修水管。我们的厨房漏水大概有三个星期了。

"嗨，卡洛塔，"阿特米奥把头伸到水槽下方的储物柜里，声音听起来闷闷的，"这么晚才回来。胡里奥，你敢说她没交男朋友？"他示意胡里奥递扳手过去。

胡里奥看着我，说："她有正经事做，懒得交男朋友，对吧，卡洛塔？我妹妹聪明着呢，阿特米奥。"他言语中透出来的自豪让我振作了一点儿，"她知道跟男孩子打交道是浪费时间，我们俩相依为命就好，对吧，卡莉？"

还好，他说的是"我们俩相依为命"，而不是"我养着你"——尽管我觉得自己对他依赖有加。"没错。"我打着哈欠答道。我帮不上忙，但又不愿意回卧室。胡里奥在家待不了多久，现在就已经穿戴完毕，准备出门了。早上，他、阿特米奥和几位好友共开一辆车上工。再过四十五分钟左右，他就要出门了，我也该洗个澡，换换衣服。可是妈妈的话在我耳边响起："凡事要以客人为先。""阿特米奥，喝点儿咖啡好不好？"我拍了拍哥哥的胳膊，问："胡里奥，你的午饭做好了吗？"

胡里奥笑着说："都弄好了，小妹，去休息吧。"

现在可不是睡觉的时候，更何况今天得步行去学校，要早点儿出门。

"今天就别上学了。"胡里奥说，我再次惊讶地张大嘴巴，"休息好了，才有精神值夜班。你在店里待得越久，赚的钱就越多。"

胡里奥跟妈妈一样信奉"读书无用论"。我的眼皮像坠着铁块般沉重，实在没力气跟他争论。但是，总有一天他会因我的不懈努力而骄傲的，总有一天他会明白，念书并不是浪费时间，总有一天他会看到我凭高学历赚到高薪。

于是，我去浴室洗了个冷水澡。

我有点儿难受。

我困乏至极，无精打采地坐下来，把书放在桌子上，准备上第四堂社会学课。约瑟菲娜步伐轻盈地走进教室，坐在位子上，我向她招了招手。她住在我家附近，不过我们几乎只在上课时见面。她也在打工，每周末帮人打扫卫生，所以我们虽然处境相仿，但根本没机会一起出去玩。她有四个兄弟，因此对摩托车、修车之类的事情很感兴趣，而我对这些不屑一顾，现在我们见面只是打打招呼。

正好，现在我也没有精神跟她聊天。平日里，我在下夜班后、上第一节课之前要睡上一小会儿，可是今早我去警察局做了笔录，顺便问了问沙克尔福德先生的情况，根本没时间休息。哦，多谢那个劫匪，让我体会到了步行上学的"乐趣"。我敢说，他要么吸了毒，要么犯了精神病，要么是个吸了毒的精神病。

那个浑蛋！怎么，他是怕我骑车追上，给他一枪吗？一个矮个儿姑娘，会骑车去追比她高两头的男人？还是说，哪怕不抢钱，他也不想空手而归？抢劫狂！疯子！

更糟糕的是，我们只有一辆自行车。胡里奥的车子几个星期前就丢了，只剩下我这辆，我们俩换着骑。这事我还没告诉胡里奥。好在格拉斯副警长昨晚送我回家时，阿特米奥和胡里奥都在忙着修水管。格拉斯副警长是个话痨，肯定会把昨晚的事一股脑儿地说出来。我的哥哥就会先是客气地点点头，说声谢谢，然后逼我打电话告诉妈妈，检讨自己逞强出风头，牵连了全家。

起初我还怪自己倒霉，喝过一杯汽水后，我的脑子才变得清醒起来，意识到没惹麻烦就是万幸。万一格拉斯副警长把我送到了家门口，万一胡里奥没有请阿特米奥来……

我极力把这些"万一"撇在脑后，取出记事本，写下周六准备做的事：去旧货市场。那个花生酱罐子里存了好多硬币，应该有十美元了。那些硬币本该在自助洗衣店里花掉的，但住在隔壁房车里的瑟诺拉·佩雷兹说，只要我帮她做家务，就可以使用她的洗衣机。她的住处其实一尘不染，但她经常找我干点儿零活儿：整理照片、拔草……她心情好时总是有求必应，甚至把她家无线网的密码都告诉了我，好方便我查资料做作业。现在，我将用这些钱买一辆二手自行车，顺利的话，应该能找到好说话的卖家，买到便宜货。

　　我翻开社会学课本，取出夹在里面的作业。谢天谢地，昨晚我先把它做好了。后面的同学把作业传了过来，我刚要拍前面那个男生的肩膀，把作业递给他，他便扭头盯着我手里的纸张瞧了片刻。

　　"嗨，"他说，"卡莉，对吧？"

　　我拼命闭紧了差点儿张大的嘴巴，雅登·摩斯知道我的名字？该死，我干吗在意这个？"嗯，嗨。"我把那沓作业纸递给他，他接了过去，目光却停留在我身上。

　　"听说你昨晚出事了。"我吃了一惊：一来他的眼睛居然是绿色的，二来昨晚的事，我其实没跟任何人说过。但我随后想起，雅登是警长的儿子，看来警官们并不奉行保密原则。他们是在吃早饭时说起那件事的吗？我一生中最恐怖的时刻，却被他们当作麦片佐餐的谈资？

　　我不自在起来，不知道雅登为什么会注意到我。他好像已经不是校队的明星四分卫[①]了，但绝对还是众人热议的焦点。现在，我能理解为什么了：他有绿色的眼睛、浅黄色的头发、不曲臂也会微微隆起的肱二头肌，真让人着迷。

但我没空意乱神迷。"昨晚……挺有意思的，"我这样轻描淡写地讲，也许他就没兴趣再谈下去了，"没那么糟。"怎么会？我跟一个陌生人举枪相对，只是没有发生更可怕的事而已。去问问沙克尔福德先生吧，他真的失禁了。

雅登眼里有光闪过："听说你很勇敢，把劫匪都骂跑了。"

我不知说什么才好。我确实像个傻瓜一样，跟那个劫匪争辩了几句。可是，假如我照实说，雅登肯定还会追问下去，不理他又实在说不过去，而我又不会撒谎。瑟诺拉·佩雷兹说我太过坦率——仿佛坦率是不对的。当然，那天我并不想说她的抗皱霜没有效果，是她先问我的。

塔克先生给我解了围。他站在雅登的桌旁，清了清喉咙，提醒雅登转过头去。雅登转身将大伙儿的作业递给他，但并没把自己的摞在上面。幸好雅登没再刨根问底，也没有挑战塔克先生的权威——他并不是个循规蹈矩的学生。

上课时，我不禁盯着雅登宽阔的后背出神。刚才那段没有意义的对话让我有些受宠若惊。讨厌！以前我只当他不存在。他是雅登·摩斯——高高在上的雅登·摩斯。而我知道自己在社会阶梯上的位置——呸！即使我根本没爬上社会阶梯，也知道他遥不可及。然而，既然他主动跟我讲了话，我就得正视他，想想为什么姑娘们都对他垂涎三尺。

---

① 四分卫：橄榄球比赛中的战术位置，是整个进攻体系的核心。

所以我开始挑他的刺。

首先，他是警长的儿子，而上届选举的投票箱中，根本没有非法移民的选票。我对政治不感兴趣，胡里奥却总把这类事挂在嘴边。我们正在存钱，打算帮父母偷渡回美国——这是一道横亘在我与雅登之间的鸿沟。

其次，雅登·摩斯比我好看。他洁白无瑕的皮肤什么的，都会让我艳羡不已，这样的心态不健康。

还有，是谁给他起的名字？"雅登"有些女里女气的，大概是因为这个词跟"花园"很相似①，进而让我联想到小粉花一类的东西吧。

就这样，在下课铃响起前，我放大了他所有的缺点，直到讨厌他为止。这比崇拜他要容易得多。

---

① 在英语中，"雅登"是"Arden"，"花园"是"garden"。

4

卡莉·维格。

卡莉·维格。

完美无缺的卡莉·维格。

雅登无法将她赶出脑海。天哪，要是能跟她一起行动就太棒了！她嘴上说遇到劫匪没什么大不了，可脸色都变了，看来她不怎么会说谎。他明白了，这个姑娘很要强，但昨晚也被吓得不轻——这就是他在那堂社会学课上最大的收获。

首先，她跟沙克尔福德外叔公关系不错，这让他觉得亲切；其次，她很机敏，遇险时能随机应变，这又让他心生几分敬重。

雅登靠在厨房的长桌上，喝了口咖啡。现在他只想告诉她，她出类拔萃，将是他最理想的搭档，弃明投暗吧。这个姑娘看着温顺乖巧，但他看得出，她不过是装装样子罢了，不会错的。她的嘴唇和眼睛分别倾吐着不同的话语，她说话时彬彬有礼，可她的眼睛……那双眼睛是咖啡色的，是冬日里他最喜欢的那种咖啡的颜色。可她的眼神中满是讥讽与狡黠，还带着一点点骄傲。

她也许对自己的潜能一无所知，雅登要帮帮她。

"早上好，亲爱的。"妈妈对雅登打了个招呼，这吓了他一跳。咖啡溅出来，烫到了他的手。穿着真丝睡衣的妈妈犹豫了一会儿才走上前来，空洞的眼中带着几丝懊恼，"抱歉。"她为自己倒了杯咖啡，在桌旁的高脚凳上坐下，茫然地注视着冰箱。

雅登还记得，以前妈妈会用纸巾把地板上的咖啡渍擦干净，会为他身上的一点点伤而大惊小怪，会为他乱糟糟的头发而啰唆不停，会一边唠叨一边出门去参加各种社交活动。可自安布尔生病后，这一切就都变了，待她去世后，这一切也一去不复返了。

从女儿去世那天起，雪莉·摩斯所具有的母亲的温柔与体贴便开始慢慢凋零，取而代之的是流浪儿般的彷徨与无助。雅登把擦过地板的纸巾扔进垃圾桶，问："昨晚爸爸给你吃药了吗？"

"大概吧，不记得了。"雅登知道，她每天都得吃药。安眠药可以帮她入睡，但也让她变得精神恍惚。起初，她发现雅登在姐姐走后也失眠，于是请医生给他开了些药。然而雅登并不领情，把药片都扔进马桶冲走了。

"去躺一会儿好不好？"

妈妈笑了笑，表示现在不想说话——她总是挂着这样的笑容，但最终还是对他说："上午我要去看看你外叔公。"

哦，不能让她迷迷糊糊地开车，雅登劝她："他硬朗得像个椰子，用不着你操心，赶紧回床上休息吧。"

妈妈凝视着他的眼睛，说："我们来谈谈你应该做的事吧。"

又来了。在妈妈内心深处，身为母亲的责任感会偶尔闪现，催促她教训自己的儿子，说他应该重新加入橄榄球队，这样他爸爸才会高兴；说他应该把心思放回到学业上；说他应该注意这，注意那。"好吧，好吧。"说着，他投降似的举起双手，他不想谈这些。他觉得妈妈并不是真的关心他，她说这么多，要么是想让自己不那么内疚，要么是在学爸爸的样子摆威风。

"以前你很喜欢打球的。"她啜了口咖啡，自言自语道。刚刚说过的话似乎已经随着她的思绪一起烟消云散，她的表情再度变得茫然，雅登对此早已习惯。

然而妈妈说得对，以前雅登喜欢打球，橄榄球曾是他的生命。那时他学习也很努力，因为成绩不好的话，就会被校橄榄球队开除。纳尔逊教练用尽浑身解数，让正念高二的他进了校队，生怕他半途而废。然而，他为橄榄球牺牲了太多太多。他不停地训练、比赛——用那些时间来陪陪安布尔该有多好！比赛时，如果姐姐在场，他的感觉都会大不一样：她坐在爸爸身旁，在他触地得分时高声喝彩，在裁判判罚不公时大喊大叫。她吃着热狗时，一见他掷出球去，就会紧张得把饮料都洒出来。

当姐姐变得离群索居、越来越孤僻时，他本应该多关心她，多陪陪她，早该发现她的身体每况愈下。但他忙昏了头，对她视而不见。

后来，安布尔连周日晚上的恶作剧都不想搞了。直到那时，他才发现姐姐已经变得骨瘦如柴，精神萎靡，他才知道自己是多么糊涂。可惜，太迟了。

安布尔下葬后的那个周一，他退出了校橄榄球队。爸爸大发雷霆——父子俩差点儿动起手来，但雅登对橄榄球的热情已经随着安布尔一同逝去了。他还是会时不时地出去胡闹，一方面是为了回忆与安布尔一起度过的时光，另一方面是为了跟爸爸作对。

现在他的情况很复杂，就算他肯解释，浑浑噩噩的妈妈也无法理解。而爸爸则从不跟他沟通——警长大人一向如此。虽说促膝谈心并不是摩斯家的家风，不过以前，雅登还可以跟妈妈说上几句话，妈妈也会认真地聆听。现在，那段日子已然成为历史，他接受了这个现实，也变得麻木不仁。

而且今天他有心事，他觉得这件事比修复早已残破不堪的亲子关系更为重要。

那姑娘名叫卡莉·维格。

他抓起车钥匙，生硬地吻了吻妈妈的额头："保重。"他头也不回地出了门，发现自己竟然真的很担心妈妈的身体。

可妈妈一个字都没说。

雅登在学校的野餐桌旁徘徊，手上端着从学校餐厅打来的午餐：米饭拌土豆泥，上面还浇着鱼鳞冻似的东西。他经常叫上好朋友卢克在午餐时开溜，穿过几条街到塔科城去。不过今天很特殊，他没叫卢克，准备另找搭档。

卢克胆子太小，这事他做不来。上次他陪雅登出去捣乱，笨手笨脚地害两人被捉，面临非法入侵的指控。那天他们潜进埃迪·雷维尔的农场，想用小鸡玩具把真小鸡换出来，再把它们移到农场后面安置。可是，有只公鸡啄了卢克的腿。卢克大喊一声，惹得护院狗叫个不停，惊动了农场主雷维尔先生。雷维尔先生提着猎枪把他俩关了起来，直到警察来才罢休。当时卢克吓得动都不敢动，而雅登也没有丢下他自己逃跑。

只是从那以后，卢克就再也不肯跟他一起行动了，这也正是他期待的。

那姑娘应该穿着紫色 T 恤，雅登终于在野餐区最里面找到了卡莉。她独自坐着，正在全神贯注地研读微积分课本。昨晚他吓唬外叔公时，她也在学习，得改改她这勤奋好学的"毛病"。

他站在姑娘身边，把一道阴影投在她的脸上。她抬起头，嘴角翘了翘，眼里却满是狐疑。雅登满意地坐在她对面，准备跟她畅谈一番。

"嘿，"他开口说道，"听说昨晚你把自行车丢了，今天我开车送你吧？"这样说可以给她留个好印象，如果她答应，他还能知道她的住处，以后还自行车也方便，可谓一举两得。为了显得亲切一些，他的脸上挂上了最灿烂的笑容。他静静地等待着，等她沉醉在他魅力的光芒中，等惊喜爬上她的眉梢。姑娘们都无法抗拒他迷人的酒窝。

但卡莉·维格除外。只见她冲他眯起那双咖啡色的眼睛："我报警时，并没说自行车丢了，你从哪儿'听说'的？"

糟了。

5

雅登凑上前来，双手张开，护着面前的餐盘，仿佛怕人来抢。他的眼神说明了一切：愧疚、惊诧，还带着让我小点儿声的哀求。雅登·摩斯恐怕有不少秘密。

随后他开始施展交际手腕，摆出一副不卑不亢的样子。看得出他正在搜肠刮肚，想要给我个解释，看样子就知道他是这方面的老手。

可我不想听他解释，只想让他知道我不好惹。"是你。"我轻声说道。

"嗯。"他咽了下口水，喉结动了动。

我本以为他会找一大堆理由为自己辩白，最后说一句"对不起"——至少道个歉嘛。可他没有，只是坐在那儿看着我。

这样就行了？就这样，说要送我回家，再加一个"嗯"？这可不行。那天的社会学课上，他是不是在捉弄我？肯定是。他对昨晚超市门前发生的事情一清二楚，而且知道我被吓破了胆。

因为他就是那个吓我的人。

我故作镇定地谈那件事时，他一定在窃笑。

我攥紧了拳头又松开，一次，两次，三次。我环视四周，大家都在看我们俩，议论我们俩。他们奇怪雅登·摩斯为什么会把我放在眼里，跟我坐在一起，同我聊天。说不定他们还在回忆我的名字，我真真切切地感受到了他们鄙夷的目光。

"嗯，你生气了，"雅登盯着我的手说，"看来你不会听我解释了。"

"你是来做解释的？我倒觉得，你不过是像垃圾一样堆在那儿而已。"冷静冷静冷静！为这事动怒不值得。

为什么事动怒都不值得。

雅登对我的辱骂毫不理会，怎么会？他可是雅登·摩斯啊。"上课时你说，那件事没什么大不了，可现在……怎么好像我毁了你的一辈子似的？"

他是认真的？"是你，用枪，指着我。"

"枪又没上膛。"

他还偷了我的自行车，还捉弄我，还故意在我眼前晃……为这些给他一拳不过分吧？

然而，比起他对沙克尔福德先生做出的恶行来，那些都是小事。他夺走了我那位老朋友的最后一丝尊严。当时老人家缩成一团，紧紧地贴在车上，生怕人看出他尿了裤子。谁都有尴尬的时候，而沙克尔福德先生尤其好面子。他恐怕已经被昨晚的遭遇击垮了。

因为我看得出，他曾经坚守着某种东西。我并不知道那究竟是什么,也许永远都不会知道,可我明白,像他那样的人都有东西要守护,我祖父生前就是如此。我没见过他老人家,但妈妈说,他有自己的快餐推车,负责给墨西哥城的建筑工人供应午饭和晚饭。她说,那辆推车总是很干净,上面的吃食总是摆得整整齐齐,零钱都正面朝上,叠放在专用的小锡匣子里。推车是祖父的一切,也给了他要守护的一切:自由——养家糊口的自由,奋力打拼的自由,摆脱当地垄断企业的控制、过上体面生活的自由。

沙克尔福德先生不是墨西哥人,但他的年龄与我祖父相仿。他们那代人都会抱住自己的信念不放。他为什么酗酒?一定是因为他曾经拥有过某种美好、珍贵的事物,可又不知何故失去了,也许是他的妻子,也许是他的孩子。然而,沙克尔福德先生的思想很深邃,他所珍视的,除去世俗情感,还有智慧、尊严、体统之类层次更深的东西。可惜时代头也不回地将他和他的信念远远地抛在了身后。

信念之于沙克尔福德先生,就像那辆推车之于我祖父。紧紧守护的东西丢了,老人也就垮了。

有权有势就可以随随便便地剥夺别人的尊严吗?我心中燃起了怒火。

"那时你也举枪对着我,"雅登若无其事地说,用勺子从餐盘中舀起一点儿白乎乎的饭食,冲我晃了晃,"你并不想爆掉我的哪根血管,对吧?过去的事就让它过去吧……"

我气疯了。我仿佛站在远处,看见自己将手伸过去,把那只餐盘掀到了他的腿上。乱七八糟的食物撒得到处都是,几颗饭粒甚至飞进了他的左鼻孔。他抬头望着我，手里仍旧举着勺子，嘴张得大大的，下巴都快掉下来了。

周围的人都在窃窃私语，还有几个学生站在桌子上看热闹，似乎整个世界都在等雅登反击。连我都屏住了呼吸——该死，我干吗要在意别人的看法？在我眼里他们什么都不是，连熟人都算不上。我从高一起就在这所学校读书，现在念高三，要操心更重要的事，他们永远都无法理解的事。

尽管我不在意他们的看法，但还是真真切切地感受到了来自周围的压力。我双颊滚烫，窘迫的感觉从脖子一直流遍全身。每个人都盯着我，就好像猛兽凝视着猎物。其实我在意别人的眼光，非常在意。

突然，我想起了沙克尔福德先生，想起了他受惊后变得散乱迷离的眼神，于是怒气再次升腾起来。呼吸顺畅，我又能讲话了："怎么样？哪根血管爆掉了？"

我猛地抓起牛奶盒，将剩下的牛奶都泼到雅登脸上："这是替沙克尔福德先生给你的！"

上帝啊，我竟然做得出这样的事情！

周围一片哗然，好多人听见了我的话。如果他们认识沙克尔福德先生，也许会去打听出了什么事。舌头底下压死人，老先生很可能会因此而一蹶不振。是我让情况糟糕了一千倍，可愤怒冲淡了我心中为刚刚的举动所生出的些许内疚。我眼前的人影逐一淡去，最后只剩下沙克尔福德先生屈辱地瘫坐在那里，他才是整个事件里真正的受害者。

雅登轻轻地把勺子放在桌上。牛奶从他的眉毛上滴下，流经脸颊、脖子，钻进 T 恤的领口。让我惊讶的是，他竟然点了点头，似乎情愿受辱。

雅登现在还能如此从容镇定，让我差点儿对他刮目相看。是我在众目睽睽之下越过了理智的底线，是我连累了沙克尔福德先生。"好。"他终于开口了，不过好像是在自言自语，"明白了，你是个暴脾气。不过不要紧，这样没什么不好……等等，你去哪儿？"

围观的人们为我让出了一条通往餐厅的小路，我真想接受他们的好意，仰着头走过去，让他们知道以前小看我了。然而，为了胡里奥，为了我的父母，我应该做回他们眼中的自己，做回那个默默无闻、低调平凡的姑娘。

但多亏雅登·摩斯，我变了，回不去了。

我转身离开，向乐队排练用的礼堂走去，把背影丢给了雅登和那群人。

6

雅登望着卡莉的后脑勺，思索着怎样才能拉拢这个姑娘，尽管现在她恨透了他。

得趁她落单的时候才行。

他得承认，不该在午饭时去找她。他明知道人都有好奇心，却还侥幸地认为，只是跟她聊聊天，并不会引起别人的注意。雅登做梦都没想到，还没等切入正题，自己的午饭和她的牛奶就浇得他满身都是。

他明白，她完全有理由生气，因此不能责怪她。她还让他吃了一惊，更有些难堪，这真是难得。接下来，他去洗了澡，换上好久都没洗过的运动服，任凭朋友们在耳边七嘴八舌地问："怎么，她嫌弃你？""怎么不给她个白马王子式的微笑啊？""以前被人嫌弃过吗？""你到底看中了她哪一点？"

最后这个问题倒是直中要害。可他有什么资格对那姑娘评头论足？一周前，他对她视而不见，别说跟她讲话，就连看都不会多看一眼。他小看她了，整个世界都小看她了，真可惜。

世事难料。他想好了对策，准备再试一把。

下课铃响了，他远远地跟在她身后走出教室，要是被她发现，他恐怕又会遭殃。不过他还是没有停下脚步。

这感觉有点儿怪，甚至有点儿诡异，他从来没有这样谨小慎微过。他知道，洛林·布鲁克区高中里有大把的女孩任他挑，可他对她们的兴趣至多存留一个晚上。

现在有了卡莉·维格——她用枪指着他的头，掀翻了他的午饭，还总是躲着他。她用橡皮筋束起了一头乌发，在头顶结了个发髻。雅登笑了。其实还有别人在注意她：体育馆的那一头，查德·布里斯本假装在储物柜里找东西，目光却黏在了卡莉身上。

雅登看到后，脸沉了下来。他不得不承认，虽说这姑娘穿着杂牌牛仔裤，但她的背影的确很有型。雅登十分熟悉闪烁在查德眼中的神色，查德是出了名的风流鬼，但雅登并不在意，还是把他当作朋友。

但那是在卡莉出现之前。

雅登走到好朋友背后，用肩膀撞了他一下。查德砰地关上柜门，冲雅登狡黠地笑笑："算你走运，雅登，今天我练完了。"

"是吗？"

查德锁好柜子，大步追上雅登，跟他一起穿过大厅："最近可没见你练举重啊，雅登。敢跟我较量吗？六十公斤的杠铃，我举上一天都不累。"

雅登笑出了声："六十公斤？嗯，扶你妈妈下车足够了。"

查德盯着前面的卡莉，用下巴示意了一下，问道："你们俩怎么回事？跟我说说。"

雅登耸了耸肩。他知道，中午那件事，查德要么亲眼所见，要么有所耳闻，否则他不会如此关注卡莉。"你跟她不合适，查德。"

查德把头转向雅登，说："听说她脾气很暴躁啊，跟我正合适。"

"才怪。"

"你在追她，是吧？她那样对你，你还不放手？"

雅登有些为难，他不想让别人误会，但又不想费口舌来解释。他明白，因为自己的关系，别人才会开始注意卡莉。万一她被流言蜚语弄得心烦意乱，还能做他理想的搭档吗？所以他不能大意。"唉，我还得试试，她很快就会投降了。"

"你这双电眼不管用了？"

雅登又耸耸肩膀。

"你这是让我别插手？"

"没错。"雅登没时间跟查德周旋，卡莉马上就要走出大门了，他得在她走远之前找到自己的车。

"怕我跟你抢？"

雅登抿了下嘴唇："你欠我一个人情呢，查德。"雅登退出橄榄球队之后，跟纳尔逊教练求过情，推荐查德顶替他首发四分卫的位置。其实，当时教练已经找到合适的人选了。然而查德的前途跟橄榄球密切相关，他渴望赢得大学体育星探的青睐。倘若没有雅登帮忙，恐怕他现在还是个碌碌无为的替补跑卫^①。

查德做了个鬼脸："好啦好啦，老兄，我离她远点儿就是。"

"你是个讨厌鬼，知道吗？"雅登一边向停车场跑，一边回头说道。顶着刺眼的阳光，他看见卡莉走出了停车场的前门，上了人行道。太好了，她不是去商业区，而是朝着比较僻静的西边走去。

他跳上皮卡，驶出停车场，刚好看见前面的卡莉走上了一条土路，好极了！洛林·布鲁克区的主干道与通往州际公路的大道之间有一片树林，而这条小路是穿过那片林子的捷径。选这条路只有一点不好：跟着她驶上一条无人小径，感觉更异样了。

可他别无选择，为什么非得卡莉·维格不可呢？

他追上去时，卡莉已经走到道路中段了。他放慢车速，缓缓地跟在她身边。她猛地扭头向他看去，愣住了。这样就能吓到她？雅登有些怀疑。

果然，她的讶异随即转为了愤怒："你就是在捉弄我！"她气得说不下去了。

"你的自行车在我这儿，"雅登脱口而出。他停下车，跳下来，关上车门，"在车斗里。"他的双手插在衣兜里，因为冲她指手画脚没有用。

"好啊，交出来。"

"你先跟我说句话。"

她上前一步。这姑娘的睫毛是全郡最长的吧，雅登心想。

---

① 跑卫：橄榄球赛中持球跑动进攻的球员。

"你是个浑蛋，听见了吗？"

"还是听我说吧。"他说。跟女孩子争辩的感觉真奇怪。她又向前迈了一步，两人的鼻尖都快碰上了。他嗅到她身上散发着雨天里金银花的芳香，走了神。

"你太过分了，说什么都没用！"

天哪，她生气的样子真可爱。"我告诉你，沙克尔福德是我外叔公，我只想吓吓他，让他不敢再醉驾。现在你能原谅我吗？"

卡莉惊讶得张大了嘴巴。于是，他知道自己成功了。

7

我退后一步，摇着头："你骗人！"

"没有。他的全名是克莱图斯·沙克尔福德，是我外公的弟弟——我的外叔公。"雅登向前迈了一步，他宽阔的后背挡住了阳光，因此我不用眯眼看着他，"他在维斯顿路86号有幢大别墅，可他只用其中两间房。他的妻子多萝西是我外婶婆，在我小时候她就去世了。不过我还记得，她在世时每个星期天都会做饼干和肉汤，味道好得不得了。"

我眨了眨眼，沙克尔福德先生的妻子叫多萝西，他住在一栋大别墅里，以前每个星期天都有人给他做早餐。这些细节让他的形象生动起来，也让雅登的所作所为显得更加过分。我强压心中的怒火，轻声问道："你为什么要捉弄他，把他吓成那个样子？"

雅登叹了口气："我外叔公的事你知道多少？"

我摇了摇头，除了雅登刚刚说过的那些，我只知道那位老先生每晚都去微风超市买伏特加,跟我探讨人生哲理。其他的一切都是我想象出来的,仿佛他只是我虚构出来的角色,而不是有血有肉的人——我甚至不知道雅登就是他的外侄孙。他是因为失去了爱人多萝西才会借酒浇愁的吧。

我想起了雅登的话"我只想吓吓他,让他不敢再醉驾",于是说道:"他一向都是自己开车去超市,自己开车回家,根本没出过什么事。"我知道了事情的原委,又没有找到他话中的破绽,心中的怒气渐渐消散了。

雅登说出了我们共同的想法:"再这样下去,早晚会出事的。"没错,我并不知道维斯顿路 86 号在什么地方,并且希望沙克尔福德先生能住得离超市近一些。可无论如何,我也不敢怂恿他醉驾。

因为我是个胆小鬼。

"我外叔公倔强得很,"雅登说,"有的时候,不下点儿狠功夫不行。"

"你把他吓得不轻,他……他很狼狈,很尴尬。"我想理智一些,不用责难的语气讲话,但还是有点儿生气。

雅登抓了抓后颈:"我知道,我不是故意的,我也没想到他会……我发誓,卡莉,我真的不是故意的。"

我相信他,他大大的眼睛里盛满了悲伤。我咽了一口唾沫,问:"你去看过他吗?"

"我妈妈昨晚去帮他清洗了一下,她离开时,外叔公睡得很熟。"

我点点头,既然有人照顾老人家,我就放心了。可同时我心中也涌起了对雅登的内疚，一下子不知说什么才好。

雅登一直低着头，他踢了踢路上的石头，说："真是对不起，吓到了你，我没想到你会……会那样做。"

雅登说出了我的心里话，但并没有就此打住，他抬起头，注视着我的眼睛，说："我想告诉你，你真的很勇敢，而且……"他抓了抓头发，"对不起，现在我才发现，我根本不会一本正经地说话。"

没错，的确如此。他结结巴巴的，而且话老是说得不明不白，其实他的眼神比嘴巴更善于表达。如果他是在午饭前跟我讲这些话，我肯定不会理他。之前不论他说什么，在我听来只有一句："我是个浑蛋。"然而现在不同了，他道了歉，而且很真诚。于是我不想再为难他："那就放松一点儿吧。"

他出了一口粗气，几乎要笑出声来："好，我得把该说的话说完。"他又顿了顿。不知他还想说什么，我有些不耐烦，但还有点儿骄傲：雅登·摩斯有重要的事跟我说，紧张得舌头都打结了。"谢谢，"他脱口而出，"谢谢你帮我外叔公，谢谢你保护他。这对我很重要，真的。你可能不信，但我真的很关心他老人家。"

我想说"不用谢"，不然还能说什么呢？可紧接着他又说，"今天中午我的话没有说清楚，其实我想说……算了，今天说得够多了。"他翘起嘴角，笑了。这不是他平常勾搭女孩子时露出的那种虚情假意、别有用心的奸笑，这笑容很顽皮，让他像个刚刚拿到弹弓、跃跃欲试的小男孩，"好了，都怪我，把气氛弄得这么尴尬。我送你回家吧。"

哈，现在该做个了断了。雅登不会一本正经地讲话，而我也不习惯拐弯抹角。"噢，不用，不用麻烦了。我家不远，骑车两分钟就到了……最多两分钟。"他会明白吧。

他的笑容僵在了脸上："一点儿都不麻烦，举手之劳。"

这倒是，不过我决不会答应。胡里奥如果见到男孩子送我回家，肯定会被气疯。我现在就能听见他在喊："你会胡思乱想的！万一怀上孩子怎么办?！我们就没法接爸妈回来了！"于是我说："真的不用了。"既是拒绝雅登的提议，也为平息脑海中哥哥的愤怒。

雅登似乎很难过："你还在生我的气吗？我向上帝发誓，我不是故意要气你，吓你……"

"把自行车还我好吗？"我知道这话很突兀很无礼，但还是管不住嘴巴。我不想再拖延下去了，他说得对，现在我们俩都很尴尬。既然如此，干吗还要啰唆个没完？还是各自回去吧。

雅登叹了口气，不再坚持："好吧。"他走到车斗旁，取出我的自行车。他的动作那么温柔，那么小心翼翼，仿佛车子只有枕头那么轻，仿佛他端在手中的是一件瓷器。我把目光从他健壮的臂膀上移开，听见他说："给。"

只是过了一天而已，可我真的很思念这辆车。是它陪我穿过大街小巷，是它拖着瘪瘪的轮胎，跟我一起顶风冒雨，是它带着我从凶猛的狐狸跟前逃开，它是我的挚友。"谢了。"我说，"社会学课上见。"我把手伸到背后，摆正书包。

我骑上车时，雅登说："你是说，上社会学课时，我们可以好好聊聊？"

什么？"嗯，我不知道你会怎么样，可我得认真听课，不然什么都学不会。"看来我不仅能直截了当,也会拐弯抹角。

"你讨厌我。"雅登竟然也很直率。

"我没那么说。"

"不说我也明白。你一骑上车,就再也不会跟我说话了。"

我支好车子,把双臂抱在胸前,重重的书包一个劲儿地往下坠,将我的背拉得笔直,给我添了些底气:"我们并不是好朋友,雅登。我们在这儿说话,只是因为昨晚我在错误的时间里待在了错误的地方。如果没有那件事,整个学期你都不会瞧我一眼。"

愧疚在他脸上蔓延,可很快就被坚定的神情所取代:"也许吧。可昨晚的事已经发生了。我们,嗯……确实见了面。我喜欢你,卡莉。"

天哪,不要!我不愿意胡思乱想,更不想怀上孩子。别跟我说这个!我的鼻孔喷着粗气:"你能从啦啦队的美女中间脱身吗?"

"什么?我不是那个意思,我不喜欢你这样。"

我又挖苦他了,又走了极端。我就像高档酒店里的旋转门,总是在原地转圈:"啊,我知道了。你跟我不是一路人,对吧?'这样'的我不够格。"

"天哪,"雅登双手抱头说,"我输了。"

可笑至极!"你输了?你?雅登·摩斯?你是个大赢家,傻瓜。你事事如意,你想要的东西,都是盛在银盘子里送给你的。"这话有些不讲理,而且跑了题,我知道自己在泄愤,可我就是要让他为难。

就是要让他知难而退。

"别这么说，"他轻声说，"我是有不对的地方，可家境富裕又不是我的错。"

他怎么通情达理起来了？让我痛痛快快地骂个够不行吗？

雅登说他不会一本正经地讲话，接下来他就证明了这一点："我要是没记错的话，给我的东西也不是都用银盘子装的，今天你甩过来的不就是塑料餐盘吗？还记得吗？"

啊，我记起来了，那一幕不由自主地闪过我的脑海：雅登，身上浇着奶油玉米和2%果味牛奶的雅登。我咯咯地笑了，随即毫不犹豫地反驳道："那个例外。"

他也笑了。"我敢说，"他抿了抿嘴唇，"我们会成为好朋友，卡莉。其实我们之间的差距，并没有你想的那么大。"

是啊，是啊。他现在根本不听劝，于是我点点头，只要我假装同意他的话，他就会放我走了吧？我得赶在胡里奥回家之前把晚饭做好。"朋友。"我重复着，仿佛第一次听到这个词。

"朋友，"他抓住车门把手，"社会学课上见。"

"好。"我转身奋力蹬车离去，想在身后留下一片尘云，告诉他点儿什么。

8

雅登驶下长长的土路，开进维斯顿路86号大院。私家车道两旁种满了杜鹃花，花朵盛开时，这里的美景可以登上任何一本园艺杂志，当然，得在有人修剪的前提下。现在这条红土路坑坑洼洼，看样子外叔公有段时间没找人修整了，杜鹃花丛更是无人问津。

干吗非得找外人来干活儿呢？雅登暗自思忖，他不是有个能干、悠闲的外侄孙吗？

雅登愈加埋怨自己。他开过一段弯路，将车停在宏伟的拱顶车库中。别墅大门前讲究的石阶上盖满了落叶与苔藓，外婶婆多萝西在世时，会将鲜花插在石阶下的花瓶中，现在，只剩那几只花瓶茕茕孑立，尽显悲凉。大门外有两只石狮，冲按门铃的雅登露着利齿。悦耳但枯燥的门铃声在别墅中回响，仿佛在说："你来干吗？"

果然没人应门。外叔公以前请过一位女佣——比曼女士。

她每周会来几次，打扫打扫卫生，做做饭，也当管家，开门迎客。不过雅登已经许久没见过她，她也很久都没踏上过这几级石阶了。

雅登从钱包里取出一张信用卡，插进门缝撬锁——要是门没闩就能成功。一分钟之后，卡片弯了，雅登也走进了雄伟的门厅。房内弥漫着尘土与乳酪的味道，似乎十年都没被打扫过，到处都覆盖着厚厚的灰尘。以前，外婶婆多萝西与比曼女士会把房子收拾得井井有条，而现在这里完全变了个模样：书籍、杂志、纸张四处散落，衣物、鞋子与油漆罐胡乱堆放着，墙上的画都掉下来了。

左侧有一间"藏宝室"，以前外叔公根本不许他和安布尔进去玩。那间屋子里摆放着各种各样的贵重物品：花瓶、茶具、三角钢琴、装满了精美瓷器的橱柜，还有一张专供贵客使用的粉色沙发。现在，连火炉旁边那只精美铜篮里的木头都烂掉了。

雅登知道，外叔公此刻不在餐厅、厨房、阅览室或者楼上的卧室里，老人家更喜欢在自家舞厅里喝个昏天黑地。那间舞厅华美气派、宽敞明亮，但克莱图斯·沙克尔福德只是占用一个小小的角落，在那儿放了一张沙发还有一台电视机。老人说，只有这间屋子才能盛得下他"崇高的思想"。

雅登用肩膀推了推舞厅的门，门嘎吱嘎吱地开了。他每次来，都觉得这间房变小了一些。孩提时，他以为它有一座小城那么大，奢华而又不失威严，但没什么好玩的东西。夏日里，护壁板与铜镜散发着耀目的光辉，枝形吊灯投下的影子如万花筒般绚烂多彩。在这里滑旱冰倒是合适：没有熙熙攘攘的车流，没有急风骤雨。他和安布尔要是滑累了，就地休息就可以，不用担心柏油会弄脏本已伤痕累累的膝盖。可现在雅登觉得自己那时真是娇气，一点儿都不像个男子汉。

这间舞厅采用了特殊的设计，扩音效果相当好。而此时回荡在室内各个角落的不是音乐，而是雅登的脚步声，外叔公肯定知道他来了。他朝最里面走去，那儿有张面向墙壁的沙发，电视就嵌在墙内。从沙发上探出两只套着靴子的脚，电视里在放狩猎节目。雅登听见了拧瓶盖的声音，他觉得这次谈话很可能会无果而终。

"嘿，老头子。"雅登打了个招呼，那两只脚依然纹丝未动。雅登将双肘撑在沙发背上，低下头看去，外叔公头发乱蓬蓬的，法兰绒衬衫没系扣子，污渍斑斑的背心露了出来，脖子上却正经八百地戴着一只圆点花领结。雅登看着领结点了点头，"今天是什么日子？"

老人不情不愿地把视线从电视移到雅登脸上："我知道你会来。"

雅登心虚起来："要是想让人来看您，门铃一响您就该去开门啊。"

"后门从来都不锁，你又不是不知道。"

"昨晚您出了那么大的事，我还以为您会吸取点儿教训，把门都锁上呢。"

"昨晚的事你知道了？"老人用胳膊肘支着身子坐了起来，瓶中的酒差点儿溅出来，好像是威士忌。

"妈妈告诉我的。"雅登一开口就后悔了，这等于说雅登知道了老人家当时有多狼狈，雅登还想给他留些面子。

"是吗？"

"她说，有个傻瓜要抢您的车钥匙，可最后偷走了一辆自行车。"

外叔公严肃地端坐着，示意雅登坐在他身旁。老人吞了一大口酒，待冲劲儿过去之后，他说："那孩子确实是个傻瓜，他以为我要醉驾，说是为了我好。"

"实际上呢？"

"实际上怎样？"

"有没有醉驾？"

"你的口气跟你妈妈一个样儿，我哪有那么容易醉，你知道的。"

雅登不想再说下去了，他不能面对面地跟他谈，这跟蒙着脸吓唬老人家完全是两回事。他觉得根本不该跟外叔公讨论这么严肃的话题，一个只有十七岁的男孩子要教一位七十三岁的老人如何生活，这不是很荒唐吗？如果外叔公这样驳斥他，他也会无言以对，还是谈谈别的事情吧。

"妈妈说，有个店员拿着枪冲了出来，要打爆那个坏蛋的头。"

老人呵呵笑了，说："那个卡莉啊，倔强得不得了。"

雅登差点儿大声说"没错"，但他问："您跟她很熟吗？"

外叔公面露怒容，说道："我只知道她的父母没心没肺，竟然让年纪那么小的女孩子在便利超市里值夜班。我帮不上忙，只好每晚去买点儿东西。我买了好多伏特加，可根本就不爱喝。

老巴吉特是个小气鬼，不卖威士忌，只肯卖难喝的伏特加，还是留给你长大了喝吧。"

雅登记得，昨晚看见伏特加瓶子从老人手中掉落时，他还觉得诧异。外叔公向来不爱喝伏特加，说这种酒淡得像自来水。他以为老头子的口味变了，根本没想到他只是为了卡莉才去买酒的。

外叔公又喝了一大口，指着雅登说："你得跟人家好好学学，孩子，她又勤快，又坚强，什么都靠自己。那姑娘不知道，她会成为生活的赢家。"

雅登不以为然，为什么人人都要成为生活的赢家？平平凡凡地过日子不好吗？"哪天晚上我跟您一起去看看她吧？"雅登笑道，"听您这么说，看来她是我喜欢的那类女孩。"

外叔公用手背擦了擦下巴上的酒滴："她跟你不是一路人，孩子。你如果还是执迷不悟，就配不上她——你可能永远都配不上她。"

没想到外叔公会说出这样刺耳的话来，没想到连外叔公都觉得他在浪费生命。这位老人一直都很偏袒他的，现在怎么回事？是因为他退出了橄榄球队？还是因为妈妈跟老人家说了些什么？优哉游哉地享受生活有什么不好？"我会……会改的。"雅登结结巴巴地说。他觉得比起以前来，自己已经有进步了。

"一年了，雅登，放下她吧。"

雅登不禁攥紧拳头，歇斯底里地吼道："不关安布尔的事！"他来探望外叔公，结果却挨了一顿训斥。倘若他无法释怀怎么办？他知道，天堂中的姐姐肯定希望他抛下过往，开始新的生活，可他做不到——自姐姐结束自己的生命之后，他就不想再顺着她了。

"每个人都有自己处理问题的方法，孩子，可你好像一直都在逃避。你妈妈说你不睡觉，整夜整夜地出去惹是生非，说你的成绩一落千丈，你这样是考不上佛罗里达州立大学的。"老人在揭他的底。

"谁说我想考？"

"众望所归啊，孩子，你永远都逃不开别人的期望。去见见心理医生吧，他的话也许对你有用。"

雅登不想跟外叔公谈这些，永远都不想。"好吧，"他咬着牙说，"我们一起去，我去问安布尔的事，你呢，就问问怎么才能不再想多萝西外婶婆。"

外叔公想张嘴反驳几句，但欲言又止，愤怒宛如闪电从他脸上一闪而过。他一口气喝了好多酒，以平息心中的怒火。一般人喝上一小口就会觉得喉咙火烧般痛，但克莱图斯·沙克尔福德这样的老酒鬼并不一般。喝完之后，老人的脸色平静如初："我知道你为什么这样想，不过我是我，你是你。我是个行将就木的老头子，这辈子想做的事都做完了，银行可以为我证明，"他夸张地比画了一下，"这么大的房子，这么大一片地，你花上几十年都不一定弄得到。我还娶了自己梦寐以求的女人，跟她一起过了四十三年。"

"你不是说过吗，钱财乃身外之物，金银都是累赘，现在怎么又劝我念大学赚大钱？"

"我是说，你现在只是自以为很开心而已。你以前很上进的，孩子。到我这个年纪时，哪怕你一贫如洗都没关系，可你要找到对自己真正重要的东西，它对你的意义是不可磨灭的。"老人眼中闪动着泪光，雅登再也强硬不起来了。

雅登吞了下口水。这座别墅有十八个房间，摆满了名贵的家具，价格不菲的地毯、挂毯、名画、古董应有尽有。可它是那样空寂，因为多萝西外婶婆不在了。

雅登想说："我才不想去找什么重要的东西，拥有过后就会失去，那种痛苦不值得我去承受。"然而说出来的却是："我想，应该把我爸爸的高压清洗机搬过来，把前门的台阶好好洗洗。还有，那边的杜鹃花花丛比你的头发还乱，这很说明问题。"

外叔公怒道："既然你这么说，我就去理发，再找人修剪杜鹃花！"

雅登笑了："周末我再来，有事要我帮忙吗？"

外叔公沉思半晌，说："我找不着卡车的备用钥匙了，昨晚我是找拖车拉它回家的，你妈妈说了吗？反正你也不想睡，干脆替我去微风超市看看卡莉吧，她肯定还在那儿值夜班。我说过，她倔强得很。"

"我抽空儿去。"雅登说，暗自窃喜终于有借口去看看她了。他知道，她还不习惯跟他走得太近。

可她会习惯的。

临出门时，雅登把外叔公的车钥匙挂在了衣帽架上，老人总会发现的——说不定他正向这边看呢。

9

我强打精神踏上拖车门口的台阶，门很紧，不好开。几个星期以前，我用尽全身力气拉门，结果却仰面摔倒在门前的水泥地上——那是我们所谓的"门廊"。不知胡里奥在煮什么，一走进房车，呛鼻的气味便如沾满了香料的游蛇一般蹿进我的鼻孔。

由于我只会做汉堡包、比萨、意粉等美式快餐，因此胡里奥不让我做饭。我倒是为此颇为自得，因为我们的房车里到处都是墨西哥的影子，但至少我的"厨艺"以及我的卧室，还彰显着美国特色，尽管我房中的"宝贝"都是从旧货卖场和二手店淘来的。

胡里奥要过一会儿才下班。我放下书包，去看瑟诺拉·佩雷兹的洗衣机能不能用。我敲了敲她房车的门，门开了，但刺鼻的烟味好像一堵无形的墙，将我挡在外面。

佩雷兹还是穿着一身粉色的运动装。她将一本《墨西哥人》

杂志卷成筒状，不住地挥舞着，杂志上星星点点满是死苍蝇留下的污渍。"有事？"她用西班牙语问道。

我们俩不算是朋友，只是互利互惠而已，其实，我根本不知道瑟诺拉·佩雷兹到底有没有朋友，有没有人经常来找她，一起聊她偶像的八卦。我从未见过住在这儿的人进出她的家门。有人说她跟我们不一样，说她丈夫是美国人，但几年前去世了。而我如此钟爱美国文化，不知会惹他们议论些什么。这样看来，佩雷兹跟我倒也不是格格不入，如果当初我们再对彼此热情一点儿，现在说不定就是好朋友了。

"我能不能用用你的洗衣机？"我用西班牙语问，"你的花园该除草了。"

其实，说"花园"并不恰当。瑟诺拉·佩雷兹在她家附近的向阳处放了张石头长凳，旁边乱七八糟地种了些应季的花，还有几株灯笼椒掺杂其中，但她从来都不吃，也许是她已过世的丈夫喜欢吧。她还卖灯笼椒给我哥哥，只象征性地收一点儿钱，所以替她干活儿，我又有什么好抱怨的呢？

她靠在门框上，我怀疑掩藏在这套宽松的运动服之下的，是一副瘦骨嶙峋的身躯。她总是闷闷不乐，说不定是生了病。"好吧，不过你得一小时以后再来，洗衣机我正用着呢。记得自己带洗衣粉，我这儿可不是洗衣房。"话音刚落，门便关上了。

几个月以前，我花五十美元淘了一台洗衣机回来，但没用几个星期就坏了。胡里奥怪我放着佩雷兹家免费的洗衣机不用，还要浪费钱，反正他不用跟佩雷兹打交道，何况对他来说，与没干净内衣裤穿相比，颜面根本算不得什么。

我一进门就听见电话铃响，是妈妈打来的，这让我惊喜不已。"卡洛塔，这会儿你怎么在家？不用上班吗？"妈妈大概是怕我忘记故乡，只对我讲西班牙语，其实我根本没去过墨西哥。而且我真想告诉她，有胡里奥在，我就是想忘本也做不到。

"我也好想你，妈妈。"

"卡洛塔，你真不害臊。你知道我多想你们，所以在拼命想办法回去，好一家人和和美美地过日子，我还以为你一放学就去工作了呢。"

我怯怯地说："对不起，妈妈，我是要去工作的，可夜班十点才开始。"

"啊，孩子，你还在那家便利店干活儿？"

"嗯。"

"我上个星期不就说过了吗？还是换个工作吧，要么工时长些，要么工钱多些。"

上上个星期她也说过。我咬了咬嘴唇，说："可是微风超市的工作很轻松，我可以在那儿做作业，下了夜班正好去上课。"

我非常思念妈妈，好不容易才接到她的电话，真希望我们能说点儿别的。然而我们首先要解决工作的问题，毕竟让我们相隔万里的东西正是钱。

"作业？"她不耐烦地说，"卡洛塔·贾斯敏·维格，我早就说过了，现在最重要的，是让我们一家团聚，到时候你就能见见弟弟和妹妹了。"

"我知道。"我当然想要一家团聚，我当然想见弟弟、妹妹。可是，如果我想要有出头之日，就只能好好读书，争取奖学金。

难道他们当初来美国时不是这样想的吗？难道他们不想有出头之日，做更好的自己吗？

妈妈想让我换一份工作，想让我多干活儿多赚钱，早点儿接她回来。可是，工作时间越长，学习的时间就越少，不读书，我的成绩就会一落千丈。我不是那种不用功就能轻轻松松过关的天才，我竭尽全力才能让分数说得过去，要是得了个"A"，我几乎会激动得流泪。正是因为微风超市的工作轻松，我才得以勉勉强强地跻身于优等生行列。

成绩不好，就拿不到奖学金，没有奖学金，我就无法成为家里第一个上大学的人。我只需熬过高中时期，只需让考分稍高一点点，然后总有一天，我就会凭高学历赚高薪，养活全家。

而且，我现在也在养家啊。每周发的薪水我都只留下十美元——女孩子要涂指甲油的，剩下的全都交给了胡里奥，可是现在说这些毫无意义。"我会去找新工作的。"我顺从地说，但心想，除非薪水比微风超市高，工作跟那里一样轻松，否则我哪儿都不去。

"这才是我的乖女儿。等我回去，你就可以不这么辛苦了。我教你做饭，怎么样？"

妈妈说"等我回去"时，心情似乎很好。我说："也得教教胡里奥，不知他炖的是什么东西，这味道……你要是能闻到就好了。"

妈妈笑了。

然而在我心中，自私的想法与愧疚纠缠在一起，让我扪心自问，如此固执究竟对不对？我很想念妈妈美丽的面容，想念她眯起眼睛微笑的样子，我渴望他们回来。自从妈妈三年前离开我们之后，我无时无刻不在想着抱抱她。

可是只把他们接回来还不够，等我大学毕业，才可以免去一家人的后顾之忧。

妈妈接着说了好多话：我的双胞胎弟弟和妹妹胡安妮塔和胡格最近有多招人喜欢——这两个孩子是在她离开美国之前怀上的；邻居家的女儿结婚了；临街的房子着火了……有些事我第一次听，有些事她上个星期就说过了。不论她说什么，我都听得津津有味，因为妈妈的声音总能给我带来慰藉。

突然，我想起那天胡里奥是怎样烦躁地挂上了电话，皱起了眉头。他说，爸爸载着妈妈在桥上出了交通事故，虽然没有人受伤，但后果很严重——爸爸既没有驾照，也没买保险。而且事故发生后，道路拥堵得水泄不通，他们没能逃出去。闻讯而来的警察随即发现爸爸妈妈没办移民手续，就把他们抓了起来，移交移民局处理，连道别的机会都没给我们。爸妈不想让家庭与儿童服务局把我们兄妹也遣送走，就没说家里还有两个孩子。其实，非法移民中早就有一条不成文的规矩：一旦被捉，就谁都别提，什么都别说，乖乖回国就是了。

然后再想办法回来。

"胡里奥说没说攒多少钱了？"妈妈的问话把我从苦涩的回忆中拉回到现实。

"胡里奥从来不跟我说这些。"我也不想问。不论该给蛇头多少钱，我心里都很不好受——那个家伙自称"解放者"，对自己的真实身份守口如瓶。一个人要好几千美金，但确切数目我也不清楚。如果要他们护送我父母穿过奇瓦瓦沙漠，我们还得再加钱。

"等他下班回家，告诉他给妈妈打电话。"

"好的。"我知道胡里奥也十分想念妈妈，他只是不愿意表露这份思念罢了。

"你哥哥这么努力，卡洛塔，你真该跟他好好学学。"

我知道哥哥很努力，他每周去工地上五天班，晚上和周末还在98号高速公路上的一家海鲜餐厅洗盘子。哥哥只在周二晚上不出工，在家炖汤，用我从学校借来的电脑上网，看哪里有零工可以打。

我想以哥哥为榜样，真的。可是，我在用另外一种方式努力。我恨不得马上跑到父母跟前，告诉他们我找到了一份高薪工作，我们可以离开这片房车停车场，搬到真正的房子里去居住，说不定还能搬进有门禁的小区。总有一天妈妈会看到我在学业上付出的努力有所回报，胡里奥也会看到。他为照顾我而早早地辍学，我要报答他。

"我就是在以他为榜样啊，妈妈。"

"好。你很聪明，卡洛塔，我知道你能帮上大忙。妈妈爱你。"

"我也爱你。"

我挂断了电话。要是有个手机就好了，即使不在家，也能随时随地接到妈妈的电话。我不会浪费时间跟别人闲聊，手边这部电话现在也只给两个人打：一个是妈妈，她思念自己的孩子，也想知道我们存了多少钱；一个是餐厅经理，他有时会问胡里奥能不能加班。然而胡里奥连电话费都不愿意付，更别说买手机了。只要有电话用，他才不会把钱花在手机这种非必需品上。

我走到沙发前，将身旁洗衣篮里干净的毛巾取出叠好，把自己和哥哥的脏衣服放进去，准备去瑟诺拉·佩雷兹家。我洗了厨房水槽里的碗碟，又擦了擦柜子。离炖锅越近，那味道就越难闻。我提起锅盖，想看看里面究竟是什么东西。

随后我从冰箱里取出一块比萨，打开烤箱预热。

正要吃晚饭时，电话铃又响了。我以为妈妈还想嘱咐我几句，但这次是胡里奥打来的，他大概借了朋友的手机："卡洛塔，今晚上班吗？"

"上啊，我现在有事要做，还得赶在上班前睡上一会儿，怎么了？"

"睡觉前把火关了。我炖的东西很香吧？"

"才怪呢。"

他笑了："给我带根巧克力棒回来吧，要带果仁的，红色包装的那种，我早就想吃了。"

我嘘了一口气："买巧克力？胡里奥，你想什么呢？"我只是在开玩笑，不过他似乎当真了。

"两根只要一美元，对吧？"他有些恼了。

"对。我刚刚只是说着玩的，买就买呗。"

他叹了口气，说："你知道，我没那么小气。等爸妈回来了，不管你想吃什么，我都买给你。"

我心里很难过，因为我压根儿不是那个意思。如果他想要，我买一百根也不心疼，下次我得管好自己的嘴巴。"妈妈打电话来了，"我转移了话题，"她要你回电话。"

"昨天我们打过去的钱，她收到了吗？"胡里奥大方地说了"我们"，其实每周打过去的基本都是他赚的钱。

"她没说。"妈妈和哥哥都问我钱的事，可谁都没提具体的数字。他们也许觉得我太小，不该知道太多，也许不想让我沾染铜臭，也许不愿意让我为贫穷而苦恼。其实我很乐意为他们管账，但就是说不出口。

"好，我回去就给她打。睡吧，小妹。"

我挂上电话，将比萨放进烤箱，同时又在自责：要是没把私房钱挥霍在这几块冻比萨上，就能给胡里奥买巧克力了。我本该拿胡里奥炖的汤做晚餐——不管他做什么，我都不该嫌弃。他那么忙，还要抽空儿给我做饭，我理应心怀感激才对。

我应该感激他，真的。

10

格拉斯副警长将车开进微风超市的停车坪，不用雅登多说，格拉斯副警长便答应他，去位于本郡边缘的这家小超市看看卡莉。"她整晚整晚地独自待在那儿，"格拉斯副警长说，"什么样的父母会让这么年轻的姑娘一个人值夜班？"

雅登有些迟疑："让我进去瞧瞧，行吗？她是我在学校里的朋友。"

格拉斯副警长不情愿地点了点头："好吧，不过别待太久。罗杰出警去商业区了，我得顶他的班。"

"没问题。"

没有警情时，格拉斯副警长偶尔会让雅登搭顺风车，算是给摩斯警长的儿子一点儿特殊照顾。这时各种各样的报警电话打了进来：家庭纠纷、举报醉驾，还有几位老人投诉邻居太吵。

老人。

"我只去几分钟。"雅登说着，关上了车门。

他走进超市，门上的铃铛响了几声，卡莉正在等他。"怎么坐警车来？"她问，"警长的儿子就能把警车当专车用？"

"很高兴见到你。"说完，他在超市里逛了一圈，拿了几片口香糖、几包薯片，还为格拉斯带了几袋牛肉干。他走回收银台时，卡莉正在埋头做作业。

"我觉得最好来看看你，"他把要买的东西放在卡莉的绘图纸上，"那天你不是遭劫了嘛。"

她抬起头："错了，遭劫的是沙克尔福德先生，他的尊严被抢走了。"

雅登竭尽全力摆出一副亲切的样子，但她全然不为所动。于是他问："店主知道你用工作的时间做作业吗？"

她耸了耸肩："只要不耽误工作，让顾客满意，他才不管那么多。"

"嗯，能不能先放下铅笔，给我结账？"

他看得出，姑娘有些不高兴。但对这种敬她一丈都不肯还一尺的人，他不想再多说什么。卡莉一件一件地扫着商品条码，雅登从鼓鼓囊囊的钱包里抽出一张二十元纸币付款。她似乎更生气了。

干吗要迁就她？雅登开口道："我把这些东西偷走你就高兴了？"

她没有搭腔，只是把东西装进塑料袋，将袋子和找回的零钱递给他，说："晚安，先生。"

"我是不是说过，我们可以成为好朋友？"

她的脸色缓和了一些："我们是朋友，所以口香糖给你打了对折。"

"价签上明明就写着'买一送一'。"

"要我记得才算数。"

"好，好！"

他抓起袋子，转身离开，推门时，听见卡莉喊："雅登？"

他回头看去，做好了再受一番奚落的准备。"她该不会想讽刺我出门的姿势吧？"他这样想着，嘴上却说："什么事？"

"谢谢你来看我。"

"不客气。"

有转机了？他暗自思忖着，回到警车旁。

雅登平生头一回早早地走进社会学课的教室。连塔克先生都觉得万分诧异，伏在讲台上透过眼镜仔细地端详他："我不会多给你学分的，雅登先生。"说完，塔克先生推了推鼻梁上的镜架。

雅登笑了，抬起双臂，表示自己两手空空，连书都没带。"我又没求您。"他说。这倒是实话。雅登在最后一排挑了个座位，坐在这里可以看到班上的每一个人，尤其是卡莉。

他觉得自己像一只蜘蛛，静卧在蛛网上，等待着苍蝇主动送上门来。他看中的这只"苍蝇"绝非泛泛之辈，她轻盈灵巧，心思难以捉摸；她有乌黑的长发，火暴的脾气；她总是对他退避三舍。

雅登刚刚坐定，又有四位同学陆续走进教室，卡莉也在其中，她是好学生。她进门时，一下子看到了雅登的眼睛。姑娘有些纳闷地笑了笑，坐在了第一排跟雅登对角的位置上。雅登觉得以前的努力恐怕是白费了。果然，她嘴上说"我们是朋友"，其实心里只想离他远远的。

怎样才能接近她呢？

坐在旁边的杰克将纸和笔递了过来。"不用，哥们儿，"雅登说，"我用手机做笔记。"

杰克是雅登的朋友。他哼了一声，说："'做笔记'的时候，你看看'泥石流'网上最新发布的视频，那家伙跟你开一样的车。"

"好。""泥石流"网上有关于卡车和越野车的各种资料，他那辆4X4越野车一陷进泥坑，他便去那儿求助。平时他也会随便浏览一下，好积累知识，以备不时之需。

上课铃一响，塔克先生便说："大家先把作业交上来。"雅登没什么可交的，前面的女生回过头把手伸到他面前时，他跟她击了下掌。女生高兴地笑了，仿佛雅登给了她一百美元。雅登总是找机会跟姑娘们开玩笑，这位女生身材丰满，牙齿整齐，正好是他喜欢的类型。可他发现卡莉正在发疯似的翻书包。

雅登希望她找不到，希望她明白，就算不交作业也没什么大不了，不就是成绩嘛，不就是别人对你的期望嘛。不交作业就是为了让他们知道，你不受任何人控制，对别人定下的规矩嗤之以鼻，你要走自己的路。

可她找到作业了，按时交上去了。令他不解的是，坏脾气的塔克先生就站在旁边等着，等她找出作业来再慢慢地打开，最后竟然冲她微笑了一下。

怎么回事？他未来的搭档不会是老师的宠儿吧？该死。

然而事实的确如此。上课时，她坐得端端正正，一丝不苟地记着笔记；塔克先生讲的笑话那么蹩脚，可她还笑得出来；塔克先生讲着讲着居然停了下来，等她削铅笔。

　　以前他怎么没注意？

　　下课铃响时，她是最后一个收拾书包的，因为她要把资料整理好。

　　啊，天哪。

　　"卡莉，等等。"雅登叫道。教室里还有几个学生在收拾东西，听见雅登这样说，他们交换了一下好奇的眼神。雅登走到卡莉身边，准备替她提书包，塔克先生不满地皱了皱眉。

　　"嘿，"他轻声问卡莉，"塔克先生是你爸爸？"

　　她笑了："不是。"

　　"那他为什么一副生怕我把你拐跑的模样？我只是想帮你拿书包。"

　　卡莉对他怒目而视。"因为就连塔克先生都觉得，我跟你，"为了加强语气，她停顿了一下，"不该搅和在一起。"

　　雅登翻了个白眼："你太在意别人的想法了。"

　　"我没有不去在意的资本。"

　　"什么意思？"

　　她摇了摇头，仿佛跟他说话累得很："书包我自己拿，谢了。"说完，她便大步走出教室，没入走廊的人流之中。

　　他得跟上去。"大伙儿都盯着我们看，"他想，"他们从来都没见我这么认真过，他们都想看卡莉一遍又一遍地拒绝我。"

　　也许在内心深处，他还是在意别人的想法的，哪怕只有那么一点点。

尽管如此，他也没有停下脚步。他终于赶上，一把抓住了卡莉的书包。她猛地转过身来，怒道："来真的？"

"大家都在看我们，"他的语速很快，"因为我从来都没吃过闭门羹。"说后半句话时，他把声音压得很低。他不喜欢自己畏首畏尾的样子，也许他还不能完全无视别人的目光。

她白了他一眼："你就这么不可一世？"

"唉，我不知道应该怎么跟你说。干脆直接一点儿吧，今天我想送你回家。"

"不用。"

"喂！我只是想送你回家。"

"我有自行车。"

"自行车可以放在卡车上啊，你明白的。"她把双臂抱在胸前，想把他骂跑。他用手抹了抹脸，仿佛这样就能擦去沮丧与失望，"只要你答应坐我的车，一整天我都不会再烦你了。"

连雅登都瞧不起自己这副低三下四的样子了，可卡莉问道："你保证？"

天哪，这姑娘到底有什么了不起？"我保证，我们可以拉钩什么的——你们女孩都这么干吧？"

"有意思吗？"

"你要怎样？"

"你的车停在哪儿？"

"前面的停车场。"

"我的自行车也停在前面，放学后再见。"说完，她便离开了，没有道别，也没说谢谢，雅登觉得自己又处在了下风。

但愿这一切都值得。

他刚想去上下一节课，突然余光看到卡莉被人撞了一下，摔在储物柜边上，书包都掉了。那人力气很大，好像是叫艾什顿。雅登之所以记得，是因为高一时他也报名参加了学校橄榄球队的选拔。艾什顿头也不回地向前走着，似乎全然不知撞了人。他很壮实，块头儿比雅登还大。卡莉站起身来，挎起书包，继续往教室走。

雅登皱起眉头，不知艾什顿到底有没有撞到她。几天之前，在他打算好好吓吓外叔公的时候，他甚至都没有注意到卡莉的存在。"如果是我撞了她，再若无其事地走开该有多好。"他想。卡莉仿佛早已习以为常，并没有朝那个冒失鬼发火喊叫。

既然他们双方都是一副若无其事的样子，他为什么还要自找麻烦？他为什么郑重其事地径直朝艾什顿走了过去？"嘿，艾什顿。"雅登喊着从卡莉身边走过。

艾什顿停下脚步回头看："什么事，哥们儿？"

卡莉想要走开，可雅登抢先抓住她的手腕，把她拉到自己身边，说："刚才你撞到卡莉了，知道吗？"

艾什顿比卡莉高十八英寸，他俯视着姑娘，问："卡莉？"

"没什么，"卡莉赶紧说，"是我挡了路。"

雅登摇了摇头："你才没有。"他转向艾什顿，说："是你撞了她，让她重重地磕在了柜子上。哥们儿，道个歉吧。"

艾什顿来回摆弄着手里的书。雅登知道他压根儿没打算道歉，说不定他根本不相信自己撞了人——犀牛怎么可能撞得到小老鼠呢？可艾什顿明白，雅登各方面都高他一等，而且从来不打退堂鼓；再说，要是真动起手来，自己不仅要遭禁赛，还会惹到摩斯警长。

艾什顿扫了一眼围观的人群，又看了看卡莉，说："要是撞到你了，真是对不起，我不是故意的。"

"没事，"卡莉慌忙说道，"真的没事。"

雅登冲艾什顿点了点头，意思是这件事过去了。艾什顿终于得以脱身，转身离开，而卡莉则不声不响地再次躲进了人群。

11

雅登来了，我心里好像有窝黄蜂在飞。他拐过车道，跳下车来，伸手接我的自行车。"一定要这样吗？"我问。

我不知道他为什么要这样做，为什么硬要跟我交朋友。也许他是为那晚的事而内疚？我得说清楚，让他以后别再纠缠我。我才不需要雅登·摩斯掺杂着怜悯的友谊。

其实，我有一点儿感激他。今天他在学校大厅里替我讨了公道，似乎不是为了出风头，而是真的想帮我。再说……听艾什顿跟我道歉，感觉真的很痛快。艾什顿壮得像头牛，而我个子矮，行动又慢。他撞过我好几回，上次我的胳膊都被磕青了，几个星期才好。也许有了今天的教训，以后他走路会小心一些。

教训他的人是雅登。

所以这次我必须让步，坐雅登的车回家。他打开车门时，我的眼皮跳个不停：气氛有些暧昧，好像他在追求我似的。他不想让别人知道他吃了闭门羹，而我生怕别人认为我是他的战利品，他的战利品数都数不清。其实我巴不得做一个隐形人，我本应避开众人的目光，低眉顺眼，谨言慎行，因为帮父母偷渡本来就不是光彩的事。跟我来往的人越少越好，否则，等我们一家人幸福团聚，如果别人看到我的父母突然出现，会说什么？会问什么？我又该怎样应付？

可我站了出来，在大家面前搔首弄姿、挤眉弄眼。

雅登伸手扶我上了车，他真体贴。

雅登发动了引擎，驾驶室中洋溢着淡淡的汽油味，收音机里飘出了轻柔的乡村音乐。雅登调整了一下后视镜，开始倒车。直到离开停车场时，我才深吸一口气，开口讲话："你不用对我这么好，其实我不喜欢这样。"

"我知道。"

他当然知道，我从来都没顾忌过他的感受。"那晚的事你已经说得很明白了，你不用……不用补偿我什么。"

"你觉得我是想补偿你？"

"不是吗？"

"才不是，我知道你不爱听。补偿你——卡莉·维格？你一拉下脸来，我就知道，你不喜欢被人挑错。"

"谁喜欢？"其实我才不在乎。

雅登耸了耸肩膀："说得对。"

一阵沉默过后，我又说："所以呢？"

"所以什么？"

"你为什么突然关心起我来了？给我个确切的理由好吗？先说清楚，我是不会跟你交往的，永远不会。"

他斜靠在车门上，只用一只手打方向盘："我说过想追求你吗？我有要吻你的意思吗？"

"那你到底想干什么？"

他抓了抓头，把头发弄得乱糟糟的："我也……我也说不清楚。说起来很荒唐，我想带你去看热闹。今天下午有空儿吗？嗯，就现在？"

问我有没有空儿？你说呢？"现在是两点，晚上十点我要去微风超市值夜班。上班前我要洗一大堆衣服，还得叠好，然后吃晚饭，睡一小会儿。嗯，没空儿。"

他满眼哀求，头发乱蓬蓬的，显得十分可怜无助。也许我真的对他有所亏欠，虽说我从来都没有求过他，但这样不近人情总归不合适。于是我问："我是想问，需要多长时间？"

他的眼睛亮了一下，仿佛接到了我送的礼物："顶多半个小时。"

"好，去看看吧。"

我的话音刚落，他便驶上转向车道，拐了个U字形的弯。他踩下油门，卡车的排气管怒吼起来，仿佛有一头怪兽追在我们身后。不到五分钟，我们就开进了洛林·布鲁克区古德维尔商场的停车坪。他熄了火，怪兽也安静下来。"等着，我一会儿就回来。"他跳下车穿过马路。

我像个傻瓜一样等着，我只给了他半个小时，现在已经过去十分钟了。古德维尔商场位于一座小型商业中心内，里面有美甲店和墨西哥餐厅，因为经常举行半价促销活动而大受青睐。

雅登回来时，手里提着一个小塑料袋。他关上车门，打开袋子给我看：一只小巧玲珑的黑灰色冒牌手袋。边缘上有些毛刺，提手还有点儿磨损，不过总体看上去还是很漂亮。

"给谁的？"

他笑道："一会儿你就知道了。好戏开始之前，我们还得再去个地方。"

"好吧，好吧。"我说。他听出我有些不耐烦。

他用余光看着我，说："你会喜欢的，可以好好放松一下。"

也许正是这句话说服了我，我的确没有多少舒缓压力的机会，但愿我所理解的舒压跟他说的是一回事。

车驶上一条土路，最后停在了长满绿草的路边。不远处有一道篱笆，几头牛正在里面吃草，远处有几只羊在一排木屋旁散步，山顶有一栋白墙黑窗的大房子。"里面有人住吗？"

"应该有吧。把工具箱里的自封袋递给我好吗？"

我照做了，心中愈发好奇。我没有问他为什么会事先准备一盒自封袋，尽管这说明他早有预谋。雅登早知道我会跟他到这儿来？还是说，他平常就喜欢把家居用品放在车里？那车上是不是还有只炖锅？

他扯出一只袋子，翻过来套在手上。我吃惊地问："你想捉弄牛？"

他看看我，又瞧瞧套着袋子的手："别问那么多。"说完，他下了车。他又高又壮，身手却十分敏捷。只见他轻巧地跃过篱笆，走了几步，蹲下，从地上捡起什么，又小心地把袋口封上。

他提着袋子回来，脸上挂着得意的笑容，袋子里满是新鲜的牛粪。"帮我拿着，好吗？"

"真要我拿?"我远远地躲着,车门把手硌着我的背。

"别孩子气,"他把袋子提到我面前,"保证不会漏出来,在我手上不是好好的吗?"

"那又怎么样?"我嘴上这么说,但还是用拇指和食指拈着袋子的一角,提了起来,远远地拿着,仿佛上面沾满了麻风病毒。

"好戏要开始了,"说着,他再次发动了引擎,"没有什么比臭馅儿更够劲儿了吧。"

"你说什么?臭馅儿?"

卡车一路向南,出了霍林郡,向风景如画的98号公路驶去。我觉得这趟出游半个小时恐怕不够,我不想出来这么久,但我欠他的人情,而我讨厌欠人情。只要陪他去看看,我们俩就扯平了,我以后也不用再理他了。

"那天晚上你勇斗'匪徒'的事,你父母怎么说?很为你骄傲吧?"

我皱起了眉头。要在外面待这么长时间,还得陪他聊天。交情一深,对方就会打听我家里的事,所以我不跟任何人交朋友。"我跟哥哥胡里奥一起住,那件事我没告诉他。"

他沉默了一会儿,似乎在考虑怎样问下一个问题:"你父母呢?"

"去世了。"

"对不起。"

"干吗说对不起?又不是你害的。"

"唉,你知道我是什么意思,"他双手握紧了方向盘,"为什么不告诉你哥哥?"

我耸耸肩："没什么好说的。"

他表情凝重地看看我，似乎是想再多套些话出来，于是我抢先开口："胡里奥忙得不得了，我不想让他为我操心。他要养活我们两个人，而且那天的事也……没必要让他担心，你说呢？"说完，我闭紧了嘴巴。胡里奥怎样根本就不关雅登的事，一阵热潮涌上我的脸颊，下次说话应该小心一些。

又是一阵沉默……

"你呢？"

"你指哪方面？"

"你好像也有操不完的心，你有哪晚不去微风超市上班吗？你还很在意成绩。"他严肃地说。

"我每周有一晚可以休息。"超市老板总叫我加班，可我不想多说，否则只会惹他刨根问底下去，"有的人必须努力工作，并不是谁都能揣一沓二十美元的钞票当零用钱的。"

"我就知道那天你盯着我的钱包看，管不住自己的眼睛吧？"

啊，我真的生气了："是你故意拿着它在我眼前晃！"

"我要付账啊！"

"你简直要把钱包伸到我眼皮底下了！"

他闭上眼睛，用力地搔了搔眉毛："平时我根本不带那么多钱出门。"

"所以说那天你是想炫富咯？"

"是又怎么样？"

我不雅地张大了嘴巴，一下子词穷了：雅登承认自己炫富……给我看？还不如说他要去保卫世界和平。

"你对我总是不屑一顾……而且我也老是惹你生气……"他冲我扮了个鬼脸，"我们还是多想想一会儿要找的乐子吧。"

尽管刚才的争吵破坏了和谐的气氛，但我还是点了点头。

卡车在沉默中开进了德斯坦·康芒斯商城的停车场。这里是一座高端购物中心，坐落在德斯坦市境内 98 号高速公路边上。"这里最合适。"他把车停在一家名店前面。

他拿出新买的冒牌手袋，又从我手中小心翼翼地接过那袋牛粪，打开手袋，将粪便倒了进去。他的动作非常熟练，脏东西一点儿都没漏出来，肯定不是第一次干。随后，他掏出鼓鼓囊囊的钱包，抽出一张五美元的钞票。我不知所措，呆呆地看着。他将钞票塞进装了牛粪的手袋，只露出印着面额的一个角，又拉上拉链。

我艰难地吞了一下口水：好端端的五美元就这样被塞进了牛粪里，真让人心疼，胡里奥看见会爆粗口的。

雅登一言不发地下了车，走上人行道。那只手袋就夹在他的胳膊下面，别人很难发现。他悄悄地将手袋放在一张长椅上——这种地方扒手一般很多。随后他欢快地跑回来，笑得嘴都咧到耳朵根了。

他上了车，关上车门，用手指着站在店门口的女士。她正忙着翻自己的手袋，似乎没注意到长椅上有东西。她在找什么？钱包？发票？她走到了长椅附近，但并没有低头看。我怀疑自己是不是也这么粗心过，对一只吐出五美元的手袋视而不见。我暗自下决心，以后一定多加留意。

"唉，差一点儿就有热闹可看了，"雅登失望万分地说，不过他只沮丧了一小会儿，很快就倾身向前，将前臂撑在方向盘上，"我们的目标过来了，看见那个人了吗？"

"我们的目标？"我不自在起来，这话听着好像……好像我们在搞什么阴谋，"又有人过来了？"

那个人快步走近长椅，眼睛盯着那只手袋。他很魁梧，有些秃顶，头发上喷了发胶，穿着名牌运动风衣和崭新的跑鞋——他穿这双鞋跑过的路，肯定连一公里都不到。他抬头径直走向前面的商店，一副盛气凌人的模样，似乎根本不屑于去拾一只女式手袋。我松了口气，雅登却皱起了眉头："我还以为他会拾起来呢，"又转身对我说，"这家伙是个不折不扣的浑蛋，每个星期二都来这里买上一堆东西，要求享受老年人特惠价，可他根本还没老呢。商店经理也不是好东西，对他毕恭毕敬，任他占便宜、责骂店员。有一次，排在他前面的女士不小心掉出了二十美元，他就立刻一声不响地捡了起来。"

"这么说你跟踪他很久了？"我的意思是，雅登一定密切关注着那个人，所以才对他的情况了如指掌。我记起了那起"劫案"，雅登早就知道沙克尔福德先生什么时候会去微风超市。

"不如说是侦查吧。"

我看见"坏家伙"伸手推玻璃门，但推到一半就停住了，鬼鬼祟祟地朝店里望望，自责地摇了摇头，又回过头来看那只手袋，心里似乎很矛盾。最后他慢慢地撤回手，向手袋走去。

他拾起手袋时，我的心情十分复杂。一方面，我希望雅登能成功，可另一方面，我又怕他报警。不知搞这样的恶作剧算不算犯罪？怎样算是犯罪？

雅登满怀期待地冲我笑了笑。

"坏家伙"用食指勾着手袋提手，大概是在估摸它的分量，我不知道这样做有什么用。他似乎对手袋的重量很满意，于是拉开了拉链——天哪，他用力扯开了袋口。

"搞定！"雅登悄悄对我说。

"坏家伙"差点儿吐出来，猛地将手袋丢进旁边的灌木丛中，鼻孔张得老大。他目不转睛地盯着双手，仿佛它们变成了两只蹄子。

我终于忍不住了，让一丝笑容爬上了嘴角。雅登缩到方向盘后面，示意我趴下。我俯下身来，心跳如擂鼓。"他在四处张望呢。"雅登说。

几秒钟过后，雅登再次抬头向外看去："他又把手袋放回去了！"

"什么？为什么？"我也悄悄地朝同一个方向看去。没错，"坏家伙"把手袋整理回原样，又放回到长椅上。

"他还想捉弄别人，我说他是个浑蛋，没错吧？看，他还要回自己车里等着看好戏呢。"

是的，穿运动服的"坏家伙"上了他自己的车，远远地望着那张长椅，现在看热闹的有三个人了。"我们应该把手袋取回来，"我跟雅登说，"我们的目标没咬钩。"

他叹了口气："不行，他认得我，我以前跟他吵过架。要不你去拿？"

让"坏家伙"以为我是主谋？才不要！

见我有些犹豫，雅登说："别想那么多，我们现在也只能看着了，没准儿还有好戏看呢。"

没过多久，下一组目标出现了：一位老妇人领着一个小孩，也许是祖孙俩。孩子很调皮，大概有五岁，留着西瓜头，牵着老人的手一路奔跑，全然不顾瘦骨嶙峋的老人在他身后磕磕绊绊。他们经过长椅时，并没有看到我们那件小小的"礼物"。我死死地盯着他们，希望他们能看到那只手袋，但同时又盼着二人直接离开。

"快点儿看到手袋啊，小淘气鬼……不，还是不要吧！"

突然，他真的看到了。

我们听不见小淘气跟可怜的老人说了些什么，但能清楚地看到他欣喜若狂的样子。孩子马上就要把老人拉到长椅跟前，伸手去拿了。我恨不得让他马上拾起手袋，弄得满手都是牛粪。

"这样是不对的，"我的良知在呐喊，"而且很危险。"即便如此，我还是津津有味地看着。

小淘气突然松开了老人的手，老人差点儿摔倒，我吓了一跳。好在她不慌不忙地及时站稳了，也许她早已对此习以为常。这时，小淘气拿起手袋，打开了。这孩子那么调皮，应该给他点儿"奖励"。

雅登在我身边不住地窃笑着，我也笑了一声。

小淘气对那五美元不感兴趣，而且也没嫌手袋的气味难闻，也许小孩子对那样的异味免疫。他直接把手伸进去掏了掏——这么小的孩子，喜欢的大概不是钱，而是糖果之类的东西。我大笑了一阵，但深深的愧疚随即涌上心头，我真该下地狱。

雅登还在捧着肚子笑个不停。"他的脸,"他上气不接下气地说,"你看他的脸,天哪,他还闻自己的手,我简直……"

我感到一阵憋闷,想好好透口气,于是去摇车窗,但雅登抓住了我的胳膊,摇着头说:"动静……太大了……"他的意思可能是我们的笑声太大,所以不能开窗。

小淘气终于弄清楚了手上是什么东西,随即大哭起来。老人家上来哄他,从便携盒子中用力扯出一张又一张湿巾,给他擦手。擦干净之后,他们便拿着那只手袋进了商店,也许是去投诉,只留下那张脏兮兮的五美元钞票静静地躺在长椅前的水泥地上。

我真想对老人家说声"对不起",可那调皮的孩子也该知道人世险恶——我的同情心就只有这么多。"去收拾收拾吧?"我屏住呼吸问,仍然不想自己去。停车坪的那一头,"坏家伙"还坐在车里捂着嘴看热闹呢。

雅登清了清喉咙:"不用。"说完又用下巴冲店门示意了一下。

一个男孩子踩着滑板顺人行道向长椅溜了过去。到长椅跟前时,他灵巧地连人带板同时跳起,跃过椅背,稳稳着地。他用脚勾起滑板,弯下腰仔细端详那五美元钞票。他看了那么久,我简直要怀疑他是不是用上了放大镜。最后他终于拾起钱,放到鼻子底下嗅嗅,又立刻拿远,最后将钱装进口袋,滑着滑板离开了。

雅登斜靠在车门上:"还真是应了那句话:'此人之垃圾,彼人之珍宝。'"

"你不愧是沙克尔福德先生的外侄孙。"那句话的确像是从老先生嘴里说出来的。

"他知道了肯定会夸我聪明，这法子就是他教的。"

"开什么玩笑。"

"真的！以前他经常带我和安布尔这么干。"

"安布尔？安布尔是谁？"

"我姐姐，去世了。"

"抱歉。"

"为什么抱歉？又不是你害的。"他得意地笑笑，我发现雅登愈发让人讨厌不起来了，"好了，半小时到了。开心吗？给这次行动打个分吧，满分十分。"

当然是十分。"七分。嗯，七点五分吧。"

"下次我们来个八分的。"

"下次？"

"对，下次，还有下次的下次。"

"没想到你这么乐观。"

他抓了抓脖子后面："嘿，卡莉，我们今天不是玩得很高兴吗？这段欢乐时光难道还不能让我们变成朋友？"

我歪着头看着他："大概可以吧。"一起等行人中招时，我们还是很有默契的。

"太好了，那么现在我们就是朋友啦。我想问你一个很重要的问题，我有没有那个福气，请你做我的搭档？"

别人是否知道雅登·摩斯是个怪人？

12

雅登坐在野餐桌旁等着，尽力掩饰着内心的焦虑，也压抑着暧昧的感觉。

她在哪儿呢？上午她说过，午餐时在这儿见面。

雅登的肚子咕咕叫个不停。等人实在是件苦差事，现在他满脑子想的都是她会来吗，今天她高不高兴，今天她带的是纯牛奶还是2%的果味牛奶。不过，只要能打动卡莉，他愿意一直等下去。

他昨天才发现自己有多渴望别人的陪伴，两个人一起教训那些讨厌的家伙果然比独自行动痛快得多。当然，安布尔才是他最好的助手——其实，姐姐心思缜密，鬼点子又多，是真正的主角。他知道卡莉永远比不上安布尔，也不想让任何人取代安布尔在他心中的位置。然而不可否认，卡莉颇具潜力，而他也不想再忍受孤独的折磨。

卡莉迟到了十分钟左右，她挎着重重的书包，脸上少有地挂着笑，手里的餐盘中装着简单的饭食，还有一瓶巧克力牛奶。

她坐在雅登对面，用两分钟把作业本仔仔细细地摊在面前，将书包放在身边的长椅上，又打开巧克力牛奶的瓶盖，动作像服务员那么熟练。"怎么了？"她问。

"午餐时间都快结束了，"雅登的肚子又叫了起来，"你还不如不来。"

"今天的作业，我有几个地方不太清楚，"她说，"你弄得我们好像在约会似的。"

"是会面。"

她拿起铅笔，在笔记本上写着什么——雅登知道跟自己没关系。然后她头也不抬地说："你的……呃，你的提议，我考虑过了。"

这不是好兆头。

"首先我得说，昨天我的确很开心……"

他跟女孩子提分手时经常会说这句话，任人宰割的感觉真糟糕，他以前竟然还觉得这样说很委婉。

"而且，跟你一起搞恶作剧也很有意思……"

"开心""有意思"都是世界上最空泛的词。

"可是我得养活自己，要上班，就是说，我要做事，别人才会付钱给我。"

等等，什么意思？她是在讥讽他吗？

"你看，自己打工赚钱，想买什么就不用向父母要钱了，也许你也应该试试……"

"去你的吧。"

她笑了，这笑容很灿烂，很美。雅登真想让自己讨厌这个微笑，因为逗笑她的，正是他的愤怒，可是她的笑实在太……迷人了。"我们刚熟络起来，"她说，"你就忘记我是谁了。"

"噢，不是，才没有。"

"不过我真的不能做你的搭档。"

"为什么？"

"因为我要工作。"

"那又怎样？"

她眨眨眼，抿了抿嘴："你说我们晚上行动，可我晚上要去微风超市值夜班。"

"你在那儿能赚几个钱？"

"怎么？"

"我是说，那份工作根本不值得干。"

"你干过活儿吗，雅登？"

"暑假时帮我外叔公干过。"

她白了他一眼："很辛苦吧？你多萝西外婶婆做的柠檬水是不是撑得你肚子疼？"

让她说中了。"跟你值夜班时做作业一样辛苦。"

她十指交叉，说道："我需要这份工作，你这样的人理解不了，其实我恨不得每天能再多干几个小时。"

"又来了，又想说银盘子什么的吗？今天就省省吧，好吗？我明白，我养尊处优，被惯坏了。"

她的脸上闪过一丝懊悔的神情，让他重新燃起了希望。但她又说道："我觉得你并不坏，我只是，嗯，跟你的情况不一样。

跟你在一起时，我不是不开心，可我觉得，我该做的事，比我想做的事重要得多。"

雅登抓了抓头，问题比他想象的严重。他知道面前的姑娘跟他的任何一个朋友都不一样，但他还以为这是个性使然。如今，仿佛有一束光照进了暗室，将一切都清清楚楚地呈现在他的眼前。他的朋友都有自己的汽车，而卡莉总是骑着自行车，就连去隔壁郡的便利店值夜班也不例外。她老是穿着T恤和牛仔裤，他还以为她喜欢这样的装束，而且据他所知，她只有一双鞋，又脏又旧，商标还贴反了。然而如果有的选，哪个姑娘愿意整天穿着脏兮兮的鞋子？她并不是不在意自己的外表。他敢说，卡莉要是能好好打扮，一定会变得妩媚动人，此时她浓密的头发中就藏了一条精致的辫子，指甲也染成了深紫色。

他以前怎么没注意？

卡莉·维格家境不好，不过她愿意跟他一起玩——除非她说谎。所以现在他们面前只有一个障碍。

而这样的障碍，他根本不放在眼里。"我给你钱，"他脱口而出，"你来陪我，我付钱给你。"咦？这句话听起来怪怪的。旁边有人听到了，气氛一下子紧张起来。

附近的学生都放下了午餐，安静下来。这次要浇在身上的是巧克力牛奶，他想。卡莉像饥饿的野兽一般目露凶光，也许还会露出獠牙来。

此时此刻，再多的盐也无法除去他身上的汗味。

卡莉站起身来，从容地将作业本堆成整整齐齐的一摞，抹平边角，合上课本，提起书包，挎在一只肩膀上，尽管书包很重，但她的肩膀一点儿都没歪。

"卡莉，我……"雅登哽住了。"我"什么呢？说"我很抱歉"似乎于事无补，只会让她对他更加疏远，也根本不能让旁观的人忘记他刚才的话。

卡莉转身走了，在打开餐厅的门之前，她还故意在垫子上慢条斯理地蹭了蹭脚，随后便消失在雅登的视线之外。

雅登瞥见格拉斯副警长在悄悄看他，一次，两次，三次。雅登贴着靠背往下滑了滑："警察开车就不用看路吗？"

格拉斯副警长泰然自若地在一个停车标志牌下踩了刹车，又慢慢右转，这是他们巡逻的路线。"今晚你话不多啊。失恋了？在想那个墨西哥小姑娘？"

"为什么说她是墨西哥人？"

"她父母就是墨西哥人。"

"我是说，你怎么知道他们不是从波多黎各之类的地方来的？"

格拉斯副警长耸了耸肩膀："那又怎样？墨西哥人怎么了？"

严苛的摩斯警长可不这样想，他会大张旗鼓地把非法移民都驱逐出境。格拉斯副警长和雅登知道，在摩斯警长看来，所有移民——不论是否合法，都更具犯罪倾向。

尽管雅登知道格拉斯副警长跟自己的老爸不一样，但还是咄咄逼人地问道："她有什么特殊？为什么你不叫她'矮个子女孩'或者'睫毛长长的姑娘'？谁在意她是不是墨西哥人？"

格拉斯副警长少见地咧嘴笑了，嘴角现出一个酒窝，露出几分朝气。雅登猜他只有二十四五岁，但这身制服让他显得老气横秋。"'睫毛长长的姑娘'，哦，就是那个'矮个子女孩'让雅登·摩斯急得像热锅上的蚂蚁，哈！"

"才没有呢！"雅登盯着格拉斯，满面怒容，"今天我不小心惹她生气了，现在她不跟我说话，连道歉的机会都不给我。"

格拉斯副警长耸耸肩膀表示同情："你最擅长跟女孩子打交道，对你来讲，这只是小事一桩。"

"这次不行。"雅登嘟囔道。格拉斯副警长打开了广播，警情分派处称附近发生了一起家庭暴力案件。

格拉斯副警长无奈地双眼望天。"明白。"他冲肩上的对讲机说道，随后又对雅登说，"又是萝丝，狠狠打了亨利一顿。这是第三次了，我得带她去警察局。你跟我去还是在这儿下车？"

格拉斯副警长知道雅登讨厌去警察局，因为他总能在那儿碰到他父亲。然而，今晚雅登不愿意孤零零地胡思乱想，去别人家看看热闹，换换心情倒也不错："我跟你去。"

格拉斯副警长点点头，打开了警灯。蓝色的荧光照亮了窗外的蔷薇丛，人们都对这蓝光心怀畏惧，因为它总跟罚单和监狱联系在一起，雅登现在也是如此。但有一段时间，他是那么喜欢这道光：它飘进院门时，爸爸就下班回家了——那时爸爸还只是副警长，那时小雅登还总盼着爸爸回家。

曾几何时，他和安布尔坐在窗前静静地等待着，等摩斯副警长换班回家。爸爸把车开进院门时，总会打开警灯，让红光与蓝光交替闪动。雅登和姐姐看见了就会一边喊着"爸爸回来啦"一边跑到门口去迎接。

小时候，他竟然那么渴望见到爸爸，想到这里，雅登哑然失笑。人们都说父子连心，但雅登觉得这话不对，他怎么也看不透德韦恩·摩斯。

警车开进一所住宅的私人车道。警察是亨利·沃克家的常客，这家有三口人，妻子萝丝是一家之主，丈夫名叫亨利，儿子叫卡登。此时，小卡登正高高兴兴地牵着亨利的手站在步道上。亨利瘦弱得像一根竹竿，满脸雀斑，一头红发乱蓬蓬的，鼻子又红又肿，似乎刚流过血。

格拉斯副警长开门下车，雅登摇下车窗，想听听那边的动静。格拉斯副警长早就告诉过他，有警情时不许下车，也不能随便接电话，但可以在旁边看。其实，谁都可以旁观，这已经是公开的秘密了。

亨利跟格拉斯副警长握了握手，接着，他用下巴冲旁边黄色的塑胶板房示意了一下，客厅的灯亮着，门敞开着。"萝丝在卧室哭个不停，现在她倒不好受了，"亨利说，"要不是顾忌这孩子，我早就豁出去了。可我得给他做个好榜样，不然他长大学坏了该怎么办。"

格拉斯副警长点点头："没错，亨利，太对了。你知道我要干什么，对吧？我也没有办法，这是第三次了。"

亨利点了点低垂着的头，不住地吸鼻子，雅登不知道他是在哭泣还是在倒吸流出的鼻血。

格拉斯副警长走进房子，又拖着萝丝·沃克走出房门。萝丝双手被反铐，腹部的赘肉在印着米老鼠图案的背心下若隐若现，下身穿着翠迪鸟卡通短裤，脚上却是一双艳粉色的嵌水钻拖鞋，这一身装束看上去极不协调。她的妆花了，头发乱七八糟的，不知警方要怎样给她拍照。走到她儿子身边时，格拉斯副警长准许她蹲下，让卡登用圆滚滚的小胳膊抱抱妈妈臃肿的脖子。

"妈妈要出去一会儿，让爸爸陪你，好吗，小宝贝？"即将被请进警察局的萝丝像是在真心实意地忏悔。

"爸爸受伤了，"卡登说，"妈妈打的。"

"妈妈爱爸爸，知道吗？"萝丝说，"我们只是偶尔吵架。"

雅登冲那边白了一眼，看来她在儿子面前总是这套说辞。雅登觉得，如果萝丝说实话，比如"妈妈不想伤害爸爸，这样做不对"，小卡登肯定会明白的。然而她把一半责任推给了丈夫，格拉斯副警长称之为"典型性施虐者综合征"。

要是亨利能鼓起勇气驳斥她就好了，不过在场的人都明白，这是不可能的。

格拉斯副警长打开后车门，扶萝丝上了车。"嗨，雅登，"她说，"你妈妈最近怎么样？"

雅登咬了咬牙："还好。"其实她并不好。她总是半夜惊醒，白天睡觉，有时抽空儿去看看他的外叔公。她现在一定很渴望去关心谁，照顾谁，可安布尔不在了，只有给老人帮忙才能让她聊以慰藉。

"嗯，那就好。"

雅登不知道这有什么好，但萝丝没心思跟他聊天。格拉斯副警长一坐上驾驶位，她便把脸贴在前排与后排座位之间的防护网上，说："梅伊那个老太婆又要骂我了。"雅登心里一惊，他记得萝丝在98号高速路上的"傲公鸡"咖啡厅做招待，而多萝西外婶婆在世时跟那儿的店主兼经理梅伊·哈弗蒂是挚友。

"你真要抓我？"萝丝接着说，"知道吗？是我在养家。亨利已经失业六个月了，如果我坐牢，谁来养活我儿子卡登？"

雅登诧异不已。沃克一家住在高档小区里，房子也十分讲究，他们预定了草坪护理服务，请人定期去除草——至少他们在门前人行道旁竖起了某家草坪护理公司的广告。院子里停着一辆崭新的雪佛兰皮卡，可萝丝做招待能赚多少钱？

"那家店给的薪水很多吗？"雅登问。格拉斯副警长扭头看着他，仿佛他变成了丰腴的美女。雅登耸了耸肩，他一般不跟坐在后面的人讲话，不过这个问题很重要。雅登转过头去，看着这个对丈夫实施家暴的女人。

她扬了扬下巴："付账单和吃饭绰绰有余，我家卡登肯定不想过什么都没有的日子。"

"你举起拳头之前，早该想到这一点。"格拉斯副警长对着后视镜说。警车慢慢左转——雅登知道他们可以抄近路去警察局，是格拉斯副警长故意绕远，好让他多问几个问题。

萝丝不屑地笑笑："亨利总惹我发火。"

"你什么时候上班？"雅登把话题拉了回来，"早上？"

"最好的时段哦，因为我的资历老。"

"那是？"

"你到底想问什么？"

"我只想跟你说说话，"雅登说，极力摆出一个真诚的微笑，"让你别总想着家里的事情，今晚肯定很难熬。"其实他还想找人顶她的班。

她的态度缓和了一些："你可真体贴啊，雅登。是吧，格拉斯副警长？"

格拉斯副警长脸上掠过一丝讥讽的神情："是啊，萝丝，雅登心血来潮时体贴得不得了。"格拉斯副警长似乎觉得雅登很反常。

"现在'傲公鸡'有好多打工的人光顾吧？"天气依然很热，但美国各州的学校大都开学了，因此去德斯坦观光的人并不多。现在那里的客流量只能依靠来自北方的打工者来维持，像"傲公鸡"这样人气高的娱乐场所很受他们青睐。

"没错。我周一、周三、周五和周末上早班，周末赚得最多——周六早上赚的钱顶得上一个星期的薪水。"萝丝得意地说，可她的脸色很快就暗淡下来，"不过那都是以前的事了，这次梅伊八成会开除我，上周她就跟我谈过，怪我总是偷懒抽烟。"

太好了。

13

我听见雅登的皮卡在咆哮，感觉到土路在车轮下颤抖。我之所以知道雅登在后面，是因为这两天他总是这样：放学后开车跟着我，求我跟他说话。而我总是骑着自行车，越蹬越快，最后来个急刹车，趁他倒车时钻到树林里去。

这样做很累，很无奈，但也还算有趣。

今天估计也是如此。我盯着树林，盘算着从哪里钻进去，给他来个措手不及。

可惜，措手不及的人是我。自行车行驶在坑坑洼洼的土路上，前轮突然拐了一下，车子便猛地停住不动了。在惯性的作用下，我差点儿越过车把飞出去。我的身体极不自然地扭着，右脚踝撞到了脚踏板上。于是我不得不将自行车——连同尊严，交给脚下的红土路。车子倒了，我也失去了平衡，一屁股坐在地上。

我的脚踝和尊严都受了伤，要站起来还真不容易。

我赌气地爬起来，拍着屁股上的土。雅登把车停在我身边，我假装看不见他，扶正车把。没办法，他肯定都看见了。我要是他，肯定会笑上半天。这种快乐没有来由，哪怕你是在图书馆用功、参加葬礼、出席大会，看到这情景也会笑个不停。

然而雅登并没有笑，我悄悄地瞥了他一眼，他目光坚定、表情严肃。我们认识没多久，我的车子就被他抢走了两次：他像个超级英雄一样，轻而易举地搬起自行车，放到卡车上，还往里推了推。

如果我现在杀了他，该把他的尸体藏在哪儿？

还没等我开口，他便站到我身后，一手捂住我的嘴，一手揽住我的腰。于是我明白了，原来将被杀掉的人是我，不知他要把我绑到哪里去，不知谁能找到我的尸体——就算有人找到，他也能逍遥法外，因为他是警长的儿子。

我从喉咙里憋出一声尖叫。

"看在上帝的分上，你能不能安安静静地听我说句话？"他在我耳边说。他好像感冒了，声音很沙哑。

我想咬他的手，但那只手马上攥成了坚硬的拳头。他牢牢地抓着我，把脸贴到我的耳边。我踩了他一脚，他叫了一声，但还是没松手。

"对不起，卡莉，"他说，"真的很抱歉。我只是一粒卑微的尘土，连在你的脚上停留片刻都不配。那天中午……我这辈子都没讲过那么蠢的话。现在我想将功补过，你能不能好好听我说？"

将功补过？所以就抢走我的自行车、劫持我吗？

"我有好消息要告诉你。"他接着说，全然不顾我在他怀里拼命挣扎。雅登力气很大，他的胳膊像一摞轮胎一样紧紧地箍在我身上。"我给你找了份工作，比你现在的工作好。如果你愿意，这个星期六就可以去上班。薪水高，工作时间又短。"说完，他松开胳膊，把我推开。

他在 T 恤上擦了擦手——他放手时，我趁机往他的手心里吐了口唾沫。不过他的话我全听在耳里，而且还想多了解一下，但这时我的呼吸有些困难。

雅登也发现我有些不对劲："喂喂，你不会有哮喘吧？冷静一点儿，吸气——呼气——把手举起来放到头顶，听说这样可以缓解。"

"我没有哮喘，傻瓜，"我尖声喊道，"不是哮喘把我害成这样的，是你！"

他抹了抹脸，又把双手放在脖子后面："我没想伤害你，只是想……让你别跑。"

"真的吗？你总这么野蛮吗？"

"天哪，天哪，我没法跟你说话，你简直不可理喻！"

"我不可理喻？你抢了我的自行车——第二次了！你还……还……"

"我会还你的。我很抱歉，抓住你……我是为了平息你的怒火，才采取了一点儿行动。我知道你不想理我。"

我抱起胳膊，焦躁地来回踱步，有心理创伤的人在考虑问题时都会这样做。"他跟踪我，"我自言自语道，"他为什么跟踪我？"我站住，抬起头望着他："你为什么跟踪我？"

他窘迫地说："只是离你近一点儿而已，你说呢？"

"回去翻字典，查查'跟踪'这个词，再回来跟我说话。"

他摇摇头，低声抱怨了两句，把手伸进裤袋，拿出一张折起来的纸，慢慢地递给我："这是那家咖啡厅的地址，他们要招女招待，周六、周日早上上班。那儿的经理叫梅伊，你去找她，就说是我介绍你去的，她会安排好的。"

我打开纸条，上面写着：

"傲公鸡"咖啡厅

梅伊女士

周六、周日早六点到下午一点

我从未见过雅登的笔迹，但我知道这是他写的。字迹很潦草，全然没有女性笔下的那种圆滑与整洁。此刻，除了"不懂"二字，我什么都说不出口。

他哼了一声："我知道，我在你眼里比浴缸中的鳄鱼还讨厌，可我真的想要补偿你。这份工作不错，薪水高，时段好，保证比你在微风超市赚得多。我问过那里的老店员，她说上一天班最多能赚三百美元呢，现金哦！"

一天三百美元，一周就是六百美元，是微风超市的两倍还多。"我以前没做过招待。"我被这份天降之喜冲昏了头，坦言道。如果能拿那么多钱回家，胡里奥肯定会对我刮目相看。

"能有多难？看看菜谱，帮客人点餐，再把东西拿给他们就行了。相信我，萝丝都做得了，你肯定也行。"

我不知道萝丝是谁，不过雅登说得很对。我手脚勤快，又能吃苦——不知微风超市的工作算不算苦。"这样，我一周就得上七天班了。"我小声嘀咕了一句。

在微风超市当收银员还算轻松，但如果没有休息日的话，我做得来吗？我想起了自己的学业。我知道，我不该胡思乱想，只顾自己。可是，倘若我能一边等家人回来，一边专心学习，赢得奖学金，出人头地，那该有多好！但我现在必须丢掉那些自私的想法，去做更重要的事。胡里奥说过，事事都要以家人为重。

然而，失望的情绪还是从我心底涌了上来。

"为什么要打两份工？"雅登问，"只在周末工作，你的空闲时间不就更多了吗？"

我摇摇头："我需要的不是时间，是钱。"

雅登咬了咬嘴唇："我多句嘴，你别生气，行吗？"

也许我一直都错怪了他："好吧。"

"嗯，我觉得你总是忙得焦头烂额的。我知道你跟你哥哥需要钱，你想多做两份工也无可厚非。但是……你也应该为自己想想啊，这可是你人生中的黄金时期。唉，我们在读高中，应该让这段时间给我们留下欢乐的记忆。但你每分每秒都不闲着，哪有快乐可言？"

"我不快乐，可我很骄傲，为能帮上家人一把而骄傲。"雅登不会明白的，但我也不想跟他解释什么，何况现在我的思绪也被疑虑搅成了一团乱麻。

"你说过，如果不那么忙就能陪我了，你说过找点儿乐子也不错。你是不是在骗我？"

我低头看着手中的纸条。他给我惹了多少麻烦?！是他举枪对着我,把我的老朋友吓得半死;是他两次抢走我的自行车;是他在那么多人面前羞辱我,让流言蜚语满天飞;是他劫持了我一分半钟。

然而,也是他,在学校大厅里为我打抱不平,开车送我回家,被我浇了一头牛奶却毫无怨言,在半夜去超市看我,还帮我找了份薪水丰厚的工作。

天哪！雅登·摩斯,难以捉摸的雅登·摩斯,坚定执着的雅登·摩斯。

我注视着他的眼睛:"我会去这家咖啡厅看看的,不过只是去看看。"

他眼睛一亮:"太好了。你这个星期六下午两点去找梅伊女士,那时店里人不多。"

"等等,这家店在德斯坦市? 太远的话,我没法骑车去。"

"我开车送你。"

"每个星期六、星期天你都送我? 不行吧。"首先,我觉得雅登并不是很可靠;其次,就算他能遵守诺言,我也怕胡里奥多想——如果哥哥知道雅登是谁的儿子就更糟了。

不过,瞒着胡里奥不就行了吗?

雅登大咧咧地耸了耸肩:"你得相信我。"

"你想让我怎么报答你?"这个问题很实际,我们心知肚明。那天中午不快的场景又浮现在我的脑海中。要我陪他? 哦,上帝啊。

雅登做了个鬼脸:"就当我在赎罪吧。"

"我付你汽油钱怎么样？"

"好。"

　　我坐在吧台前的长椅上等梅伊女士。咖啡厅里还有几位客人，我怀疑自己是不是来得太早了。"她一会儿就来。"一位招待说。

　　这家咖啡厅比我想象的要气派，让我有点儿胆怯，我还没在铺着专用桌布的桌子上吃过饭。这里连橙汁都是盛在高脚杯中端上来的，到处都摆着公鸡形状的装饰品，铁的、瓷的，大小不一，琳琅满目。看来公鸡是这家店的吉祥物，盛气凌人，不可一世。

　　我从吧台拿了份菜谱仔细地看了起来，为一会儿的面试做准备。这份菜谱是用高级纸张制成的，封面很华美，每种食品和饮料的价格都是整数，连美元符号都没标，"黑莓燕麦饼""酥烤布里芝士"之类的点心我连听都没听过。

　　这地方还真是令人生畏。

　　我努力地背诵着菜谱，当记到"佛罗里达风情""初见露西"和"巴克则煎蛋卷①"的时候，一位老妇人过来了。她睿智的目光越过菜谱落到我的脸上，老花镜几乎要从鼻尖滑落下来。

　　"卡莉？幸会。"她说。好个"幸会"，我有点儿发怵。

　　"嗯，"我说，"梅伊女士？幸会。"这么说好像不太合适——

---

　　① 巴克则（bacquezo）从培根（bacon）、奶油奶酪（cream cheese）、蒙特利杰克干酪（Monterey Jack）、西班牙腊肠（chorizo）等名中摘取而来，为尊重原文，故而音译。

老妇人勉强笑了笑，不过还算客气。

"我是梅伊。我们聊一会儿好吗？去角落里的桌子那儿谈。"

这是一张四人桌，上面摆着餐巾包裹的银餐具、闪闪发亮的高脚杯，桌子中央摆放着一束开得十分艳丽的绣球花——应该是真花，桌上铺着一张洁白无瑕的桌布。

我拉出一张长毛绒沙发椅，坐下，等梅伊女士开口。突然，我感谢起这张桌布来，因为此刻我的双手在腿上烦躁地搓来扭去，正好被它遮得严严实实。

"你是在学校认识雅登的？"她的神色告诉我，她以为我正在跟雅登谈恋爱。

"有几节课我们俩一起上。"我说。我不希望她误会，可是，万一她知道我们关系一般，不让我在这儿工作怎么办？

"他是个体贴的好孩子。"她在试探我。

"是吗？"

她笑了。我用余光瞥见一位女招待悄悄走到对面的桌子前，拿出一大沓钞票点数。一张，又一张，并不都是一元的零钞。真希望梅伊女士不要问我跟雅登是什么关系，否则我会为了这份工作而说谎。

我渴望一份收入丰厚的工作。

"他想对谁好，就体贴得不得了，"她说，"嗯，说正事吧，你什么时候能来上班？"

好，太好了，不用说谎了。"今天，马上。"

她笑着点了点头："很好，卡莉，不过你不用马上开始工作。明早来好吗？来早一点儿，六点吧，我想让你顶个班。你能起早吗？像你这么大的孩子大多喜欢赖床。"

"我每天都起得很早。"我说，这是实情。其实为了得到这份工作，不管她提什么条件，我都会答应。我开始盘算要工作多长时间，赚多少沓钞票才能把父母接回来。我想象着自己塞给胡里奥一个大箱子，里面装满了钱，箱盖上系了个大蝴蝶结。

"那好，今天我们签合同，明天你就可以接受培训了。店里会发给你专门定制的 T 恤和围裙，但你得自己准备防滑鞋和一条黑色的长裤，要体面一点儿的。"

我点点头，还好，在微风超市工作时，这些东西我都买好了。"就是说，我被录用了？"

"是的，雅登·摩斯的朋友就是我的朋友。我只希望你是个好孩子，一位好招待。"她咯咯地笑了，"不过，在这儿赚钱是有秘诀的，卡莉。我给你讲讲？"

我点点头。

"秘诀就是，不管客人跟你提什么要求，你都说'好的'。比如说，有的人会特别嘱咐你，再来份黄油，把黄油放在盘子左侧；有的人会让你把刚端上来的咖啡拿去热；还有的人会让你帮忙拍张全家福——哪怕手上有事情要忙，你都不能拒绝。你有求必应，我们大家都有钱赚。你做得到吗？"

"当然。"

雅登将车停在路边。迎面开来的车打着前灯，灯光照亮了驾驶室，也映出了他鄙夷的表情。"就算你不想来，至少也该装得高兴一点儿吧？"他说。随后，他又嘟囔了一句，好像是"就你牢骚多"。

我叹了口气，见他拿出一把小刀，割开放在腿上的那只小纸箱，取出一把蜡笔似的东西。"我不是不想来，只是累了。我得早起，你忘了？那是什么？"

"烟花啊，跟你说过的，我们要庆祝庆祝。"

旁边驶过一辆车，在车灯的映照下，我看清了盒子上的商标——"黑猫鞭炮"。谁会用鞭炮庆祝？燃放时噪声很大，而且没什么好看的，制造不出喜庆的气氛。"没什么好庆祝的，我能得到这份工作都是托你的福，又不是凭我的本事。"

"谁在乎这个？你总是跟自己过不去。"

我打了个哈欠："明早六点，我要到那家店，现在是晚上十一点。我看你根本就不想送我去。"我打心眼儿里不愿意求雅登帮忙，可不知骑车去那里要多长时间，明早又万万不能迟到，所以我不敢冒险。那家咖啡厅比微风超市还要远，这一路上就够我受的，但那份丰厚的收入让我难以割舍，所以，哪怕骑那辆破自行车来回奔波，我也在所不惜。

一丝愧疚从我心底冒了出来：我还没告诉胡里奥自己有了新工作，只跟他说微风超市要我加班，免得他起疑心。否则胡里奥问起来，我只能把真相和盘托出。可我还不想道出实情，不想让他抱太多希望——不然万一事情有变，他只能空欢喜一场。

胡里奥死死地守护着那份渺茫而又卑微的希望，但愿我永远都体会不到这种心情。他之所以这样，并不完全是因为思念父母——照顾我的责任全部落在他一个人的肩上，他有些怕。

我觉得胡里奥很孤独。

当然，他从未诉过苦，但他怎么可能不辛苦？倘若我能多赚些钱，也许他就可以轻松一些，把我当作帮手而非尽义务的对象。

"说真的，今晚就别庆祝了行不行？我得睡一会儿。"我不想把新工作搞砸了，好多事要指望它呢。我低头看看菜谱，想弄清"枫丹白露煎蛋卷"的配料——如果现在是白天该多好！能背下来的东西越多，培训的时间就越短，我也能多赚些钱，否则带我的老员工还得从我得的小费里抽成。

雅登拉长了脸。也许刚才我不该那么不耐烦，然而我决不允许雅登·摩斯拖我的后腿，哪怕这份工作是他介绍的。"就一个小时，好不好？"他恳求道，"午夜之前我保证把你送回家。"

"好吧，不过你得扮客人点餐，陪我练练。"

他努起嘴："我看看菜谱。"

我把菜谱递给他，他打开车顶灯，扫了一眼，说："素什锦，不加灯笼椒。"

"这道菜是用蘑菇、番茄和菠菜做的，本来就不放灯笼椒。"

他笑道："不错嘛。"

我也笑了："好，再来一个，然后我们就开始庆祝。"

"请来份……嗯……班尼迪克黑豆，要配酱汁。"看得出他根本就不喜欢这道菜，他认真的样子还颇有几分魅力。

他把我难住了，因为我不知道所谓的"酱汁"是什么。"嗯，好的。"

"别不懂装懂，哪里忘了？"

"酱汁。"

"荷兰辣椒酱——谁知道是什么。"

我叹了口气。荷兰辣椒酱？我只知道蓝莓番茄酱。还好，这东西连雅登都没听说过。"这份工作我做不来。"

"不会的，你还没开始做嘛。嘿，振作一点儿，可能只是唬人的东西罢了。"

"不只是这道菜，"我说。我发现自己在发牢骚，"菜谱上的东西，我都没吃过，怎么给客人介绍？而且，就算老板娘给员工打折，估计我也吃不起。"

"你想得太多了。你压到我的弹弓了。"

"什么？"我朝四下看看。没错，座位上有一只系着橡皮管的铁弹弓。"干吗拿弹弓来？"

"为了这个，"他指了指放在腿上的鞭炮，"我们去打猎。"

"不行。"我坚决反对，我只吃市面上卖的肉。

"只是打个比方，去吓吓人而已。先去滑冰场，再顺路看看布希市长在不在家。我先给你做个样子，看好了。"

不知他到底想干什么，我有点儿害怕。布希市长也成了我们的目标？袭击政府官员肯定是重罪。我舔了舔发干的嘴唇："为什么要跟市长作对？"

"他是我爸爸的朋友。"

"不行，这个理由不够充分。"绝对不行。我明白了，雅登跟他爸爸——摩斯警长关系不好。而我呢？我并没有亲眼见过警长，只听胡里奥说过，警长大人十分严厉、冷酷无情，因此我对他敬畏有加。

雅登坏笑道："吓唬人还需要理由吗？"

"如果我们善恶不分，就跟德斯坦·康芒斯商城门口的那个浑蛋差不多了。"

他笑出声来："布希市长是个吝啬鬼。"

"你这么说，是为了拉我下水吧？"

"不是，我说真的。那天我去找梅伊女士，他刚好在那儿吃早餐。她说市长每天都去，把招待们使唤得团团转，可只留五十美分做小费。"

这没什么不对，可是在月光下，他显得那样正气凛然。于是我慢慢点点头："没错，他是个小气鬼。"

"所以我们要去捉弄捉弄他。"

我惊恐地看着这个疯子摇下车窗，将一根鞭炮夹在弹弓上，点燃引线，射进了树林里。鞭炮还没落地就炸了，火花映亮了附近的蕨草，随后它便静静地躺在了那里，周围散落着一缕橘黄色的灰烬。

"不行不行，我不干。"我说着，却一把抢过弹弓，在手心里掂了掂分量，又不由自主地摇下车窗，扯着橡皮管，做出一个瞄准的动作。

雅登递来一枚鞭炮："先点着，数三下，然后射出去。"

"时间长一些会怎样？"

"有点儿危险，卡莉，说不定会在你手里爆炸。"

我深吸了一口气。理智告诉我不要这么干，但我的手激动得抖个不停，似乎已经迫不及待了："给我打火机。"

火苗在我眼前舞动着，随即又熄灭了。

"放手干吧！"他仿佛在拍励志广告。

我不让自己多想，按下打火机，将鞭炮引线伸进火焰。

一。

二。

三。

我用力一拉，橡皮管啪的一声断了。我吓坏了，鞭炮弹到门上又落下来，火光在我两脚之间绽放。鞭炮嘶嘶作响，牵动着我的心脏。"啊，不要！"我尖叫起来，向雅登扑去。慌乱中，雅登张开了双臂。

砰！

我紧闭双眼，心想这回腿脚免不了要受伤，说不定血已经渗出来了，然而什么事都没有发生。我慢慢地睁开眼睛，看到了雅登的脸，这张脸距我只有一寸远，挂着开心的微笑。

"还是下次吧，"他拖着长音说，"大概在车外面瞄准会好些。"

我第一次嗅到了雅登身上的气味，很好闻，很阳刚，但我不知道自己为何如此沮丧。我收回思绪，从他的怀里挣脱，坐直身体，提起双脚，以防被残余的火星灼伤。烟味从地上升腾而起，搔弄着我的鼻孔。

随后我笑了，笑得气喘吁吁，笑得胃隐隐作痛，雅登也大笑着伏在方向盘上。过了好一会儿，愉悦的气氛依然没有消散。

我拾起弹弓："我们进城吧，但不去滑冰场，直接去吝啬鬼市长的家。"

雅登发动了引擎。

14

雅登把车开进外叔公家的院门时才七点，老人家肯定还没醒。说不定他忘了，外侄孙今天要来帮他修花丛、铺车道。不知待他醒来，雅登是否还来得及去接卡莉下班——今天她第一次去"傲公鸡"上班。

一个小时之前，他把卡莉送到了"傲公鸡"咖啡厅。梅伊女士给他端来一大杯咖啡，问要不要加奶和糖，他说"不用"，因为这样比较有男子汉气概——尽管他并不喜欢喝黑咖啡，而且卡莉正好在场。

不知为什么，他就是想表现得豪迈粗犷一些。

他的手机响了，铃声很有气魄，他很满意："喂，妈妈，什么事？"

电话那头沉默了一会儿，不知是信号不好，还是因为妈妈服药太多，反应迟钝："雅登，亲爱的，今天要进城吗？"

"我可以去。怎么了？"

又是一阵沉默。她吸了吸鼻子，说："能不能去趟药店，帮我买药？"那声音听上去很悲凉。也许她正躲在安布尔的房间里打电话，没有药吃时，她便去女儿的房间待着，似乎要将流逝的情感、记忆与母爱再次融入体内，然而她找回的只有悲痛。

"好的，妈妈。还要别的吗？我们可以一起去，晒晒太阳也好嘛。"平时他根本不会这样亲切，不过妈妈真该脱掉睡衣，穿戴整齐，出去走走了。

"好啊，宝贝，不过今天我得洗衣服。"

洗衣服……雅登的衣服他自己洗，至于爸爸的制服，自然有人负责浆洗熨平，妈妈至多只需要洗洗毛巾。"真的？我们可以在桃瑞斯餐厅吃饭，我给你买馅饼。"话一出口他便后悔了：安布尔最喜欢那家餐厅的椰浆馅饼，而他知道妈妈此刻在想什么。

他在等妈妈回话，不过那边只有无尽的沉默。最后她啜泣着说："不用了，宝贝，我今天还是待在家里吧。"说完就挂断了电话。

唉。

雅登想先把外叔公抛在一边，去买药，让妈妈重归那种麻木不仁的状态，但他迟迟没有发动卡车：应该让安布尔在妈妈的悼念中安息，应该让那一点一滴、药物不可冲淡的记忆勾起妈妈的悲痛，应该让妈妈的心病在悲痛中治愈。

他下了车，将手机留在座位上。

雅登轻手轻脚地走到别墅后门，尽管外叔公这时往往还宿醉未醒，但他还是不想弄出太大的声响。即使站在离卧室很远的展览室中，他也能听到外叔公如雷的鼾声在房子里回荡。

雅登摸出后院大仓库的钥匙，想取把修枝剪，最终在仓库最里面的一堆园艺工具下翻到了，也许这些东西自从 20 世纪 80 年代起就没人动过。扬起的灰尘让他想起了昨晚那枚鞭炮，还有卡莉。

不经意间，一丝微笑爬上他的嘴角。他还记得，昨晚卡莉第一次瞄准便毫不留情地射中了布希市长的卧室窗户，脸上绽放出灿烂的笑容。听到鞭炮爆炸发出的巨响，她惊叫了一声，雅登马上把车开到路边，大笑不止。

"疯丫头。"雅登轻声说道。他提起修枝剪往背后一甩，向车道走去。活儿太多，不等干完就得去接卡莉，不过以后每个周末送她上班之后，他都可以来。而且……他停下了脚步。

"我在围着一个姑娘转？"他想。

不，他是在帮朋友的忙，他为自己辩解。没错，卡莉是个姑娘，但她绝不是那种随随便便就跟人谈情说爱的姑娘。虽然昨晚她缩在他的怀中，两人的嘴唇几乎要碰到一起时，他也有些心动，但是……不不不，她只是他的搭档，他好不容易才让她喜欢上闯祸的感觉。

时间一分一秒地过去，雅登的衣服都被汗水打湿了，全身沾满了泥土还有杜鹃花上的白粉。车道右边的花丛已经修剪完毕，左边的要留到下次再收拾。现在他得赶紧回家洗个澡，然后去接卡莉。

雅登皱起眉头：就算脏兮兮地去见她又怎样？如果换作去接卢克，他就不会在意这么多，他想："我会先给那小子来个锁喉，让他知道我的厉害。"

"我知道是你。"雅登弯腰放修枝剪刀时，听见背后有人说道。

雅登转过身去，外叔公脚上穿着破旧的家居拖鞋，下身套着褪色的牛仔裤，上身则穿着皱巴巴的 T 恤，不过，这一身装束都很干净。他的白发湿漉漉的，向后梳去，看样子老人刚洗过澡。雅登觉得外叔公有些反常："我本来也没想偷偷摸摸的，您不睡觉，出来干吗？"

老人怒道："我是说那天打劫的人，小子，是你，对吧？"

雅登毫无悔意：外叔公只是丢了脸面，又没躺进太平间，而且自己也没有牵连无辜："对，是我。"

外叔公点点头，将两手的拇指插进裤袋："那支步枪，是你爸爸在三年前的圣诞节买的，他从来都不用。"

没错，那天他打算尽量不开火，但万一事态难以控制，他开了枪，警方用弹壳追查线索时，就会发现射出这枚子弹的枪支登记在摩斯警长名下。"是他的枪。"

老人的想法得到了证实，见外侄孙如此坦诚，他的神色缓和了些。雅登又说："我今天来看您，就是想跟您说说……那天的事。"

雅登知道外叔公现在很尴尬，于是他耸耸肩，打了个圆场："其实也没什么。"

外叔公又点点头，挺了挺腰杆，清了清喉咙："算了。吃早饭吗？培根煎蛋，很快的。"

雅登把修枝剪刀夹在双腿之间，脱下湿透的 T 恤拧了拧："好啊，不过我得去接卡莉下班。"

外叔公的眼睛亮了："去微风超市接她？"说着，又眯起眼睛，"为什么？小子，赶紧把自行车还给人家。"

"已经还了。她现在上班的地方太远，不能骑车去。"

"怎么？"

雅登擦了擦胳膊上的汗水和泥土："我帮她找了份新工作——在'傲公鸡'咖啡厅做招待，上早班。我得先洗个澡再去接她。"

外叔公意味深长地看着他："她在哪儿上班跟你有什么关系？小子，你最好别想——"

"我们是朋友。"雅登连忙插嘴道。外叔公一激动手就抖，现在他的双手就像洗衣机的甩干桶般哆嗦个不停。眼看老人要发火，雅登说："那天我把她吓得够呛，现在只是想补偿她。"

"你来也是想补偿我？"

"我只是想帮帮您。"

"我求过你帮忙吗？"

雅登挤出一声大笑："您不用求我，明眼人都看得出这几丛花该好好收拾收拾了。我从棒球场借了铺路器，给您修修车道，这些活儿一次干不完。"

外叔公想了想，喷出一口气，先是看了看雅登的肩膀，又看了看面前的土路："也好。"他收回目光，用食指点点雅登的胸口，从他嘴里飘出来的不是酒臭味，而是薄荷的清香，可见他有多么重视今早的会面，"不过我们先把话说明白，小子，离卡莉·维格远一点儿，她不合你的胃口。"

"您怎么知道我喜欢什么样的？"卡莉的确不是他喜欢的类

型,他看中的都是金发碧眼的长腿美女,而不是总给他难堪的小不点儿。

雅登很快又觉得不该这样形容她。"卡莉不是我的意中人,可她是我的左右手。"他想——尽管这样说有些煽情和做作。

"我跟你妈妈谈过,孩子,"外叔公慢吞吞地说,"你的所作所为我知道得一清二楚。卡莉是个好姑娘,她很努力,不会浪费时间陪小丑一起去搞恶作剧。"

雅登真想告诉老人,昨晚她就像小丑一样向市长大人家射鞭炮。当然,她还是有分寸的:除了市长家的窗户,她只把停车标志牌、灌木丛、人行道路面一类的东西当作目标,可关键是她当时开心得不得了。

雅登还想说,卡莉·维格表面上是个勤快温和的好姑娘,背地里却是个十足的捣蛋鬼。

然而雅登什么都没说:还轮不到他来教训外叔公,而且也不值得为这件事跟他吵,老人只是怕雅登把卡莉带歪了。

"这个'小丑'帮您修剪花丛,您倒是不介意。"雅登一边说,一边快步跟着外叔公向别墅走去。

"你把狐朋狗友都叫来帮忙我也不介意,这个地方是该好好打理打理了。"

雅登皱起眉头,这个地方不仅需要打理,而且应该彻底修整一下。不过,比起叫朋友来帮忙,雅登有个更好的主意:"以后我每个周末都来,一点儿一点儿地帮您弄。后面的篱笆坏了,小孩儿会钻进来捣乱的,仓库也该好好整理一下。还有,您上次大扫除是什么时候?屋子里都跟您一样臭了,老头子。"

外叔公皱了皱鼻子："你倒是不老，被皮带抽一顿也扛得住。"

雅登笑道："我下星期六早上再来，把花丛修剪完，然后去修后院的篱笆。"先送卡莉去上班，再来帮外叔公打理别墅，这样安排正好，忙起来就顾不上去想她了。

等等，想她？

"我不需要你的怜悯。"外叔公说。

"我知道，可你的篱笆需要。"

外叔公犹豫了一会儿，上下打量着雅登，然后往地上啐了口痰："你跟她学乖了，小子，开始喜欢干活儿了？"

"我只是不想让您把多萝西外婶婆的房子糟蹋成垃圾场。"

老人果然无言以对。这里不只是他的家，还承载着多萝西外婶婆的欢乐与骄傲。她在世时，总是想办法为这里锦上添花，还在周末请人来品尝她的手艺。外叔公跟雅登一样，对此心知肚明。

"那好，你周末来吧。不过我不需要你的同情，我付你工钱。"

"我又没跟您要钱。"雅登为没有照顾好外叔公而感到惭愧。他似乎看到了外婶婆的面庞，她老人家一向很疼雅登，假如看到今天这一幕，她还会跟往常一样，并不说什么，只把失望之情都融在目光之中。外婶婆年轻时是典型的南方美女，哪怕年岁已高，一�’起嘴来，还是让人硬不起心肠。

而且雅登知道，外叔公早已力不从心。老人家当然不会承认，因为随他的血液一起流动的，除了酒精，还有倔强。

"你没提钱，所以我才要给你。你爸爸知道你打工，鼻子都会气歪，以后你就不用靠他过活了。钱，我有的是，这是你应得的。"摩斯警长一直反对雅登打工，而雅登还以为爸爸是想让他好好练球，好好学习，争取考进佛罗里达州立大学。外叔公一语道破了天机，雅登这时才明白事情没那么简单，明白了自己一直求而不得的东西是什么。

自由。

要是有份工作，他就能自力更生了。

自从安布尔去世之后，雅登再没去打过球，成绩也一落千丈，他一下子变成了"坏孩子"。然而每个周日晚上，爸爸还是把给他的零用钱放在橱柜上。他大手大脚地挥霍着爸爸的钱，觉得这样做有种复仇的快感。而现在他明白了，其实他害了自己。爸爸是在用金钱来束缚他、控制他，告诉他自己是个尽职尽责的父亲。爸爸也是这样对安布尔的。

物质上，爸爸任安布尔予取予求：新车——即使那辆车她从未开过、新衣服、新笔记本电脑，可她没有享受过父爱。虽然摩斯警长明知女儿患了精神分裂症，但也没有给予她一点点理解与关爱，因为摩斯警长决不允许自己身上有精神病的基因，不允许这种疾病在家中潜伏，他要维护"家庭形象"。准备竞选时，他更过分了。他用皮带捆住安布尔，把她锁在她自己房间里，有时一关就是几天。安布尔绝不能出现在公共场所，绝不能在选民面前自言自语。她只能在家自学，她跟朋友断绝了往来，只能通过电视、网络以及弟弟的见闻来了解外面的世界。摩斯警长甚至不许她去看弟弟的比赛，剥夺了她最大的乐趣。

安布尔变成了一具行尸走肉。

他们的妈妈觉得这样太残酷，但从来没有为女儿据理力争过，从来没有。德韦恩·摩斯的话就是金科玉律。

安布尔离世后，妈妈便崩溃了，变成了一个会呼吸、有心跳但无知无觉的布娃娃。起初雅登还觉得很痛快，他觉得这是她应得的惩罚。然而后来他明白了，妈妈也是受害者。她不吃不喝，不眠不休，一言不发。雅登知道，妈妈跟以前的安布尔一样，需要别人的关怀与帮助，可德韦恩·摩斯只顾自己的面子，竟然不许妻子去医院看医生。于是妈妈只能找家庭医生，那个年轻人随随便便地给她开了一大堆药，连上门复诊都懒得来。对于摩斯警长来说，面子比什么都重要，所以他不仅对女儿的死毫无愧疚，还怪她给自己添了麻烦。

"人不可能事事如愿，"他说，"我们已经尽力了。"

那时雅登真想杀了他。

"对，"雅登对外叔公说，松开了下意识攥紧的拳头，"好好气气他。"

外叔公抓抓肚子，点了点头："说不定会把他气疯，他儿子连所得税都不缴，看他怎么跟选民解释。"

雅登笑道："他会说我做的是义务工，您没给我工钱，我花的钱都是他给的。"

"那我就给你开张支票。"外叔公眼中闪过一丝狡黠的光，看来老人家已经打定了主意。以后卡莉在咖啡厅工作时，雅登就来干活儿。外叔公私下里给他工钱，他就不用再理会爸爸了。他和卡莉一定会用奇思妙想把整个霍林郡搞得天翻地覆。

完美。

15

糟透了。

我穿着防滑鞋走了半天，现在脚重得像铁砧一样，而且还起了水泡，钻心地疼。

我一收拾完桌子，把盐、胡椒粉、糖和肉冻的瓶子装满，就赶紧坐下，把脚搭在旁边的椅子上。我本想解开鞋带揉揉脚，但最终还是放弃了。首先，我怕气味太难闻；其次，带我的老员工正朝这边走，让她看见了实在不礼貌。此刻我只希望下班前别再有活儿做，否则这双脚肯定吃不消。雅登应该正在停车坪等我——那辆车的引擎声就好像一大群乡下人在高声嚷嚷。

那位老员工名叫达希。她坐在桌旁，从围裙口袋里取出一沓整整齐齐的钞票，一边大声数，一边按面额分开放。听她数到两百元时，我诧异不已。然后她开始点零钞，六个小时里，我们总共赚了两百七十五美元。

我有点儿晕。她递给我一半："这是你的，像你这样手脚麻利的人，我还是第一次见。等你出师，就不用给我抽成了。我拿那一家子西班牙人没办法，还好你会说西班牙语。"

可我此刻想的，是我们只用六个小时就赚了将近三百美元，因为这里是高档餐厅，来用餐的都是上等人。"我什么时候能出师呢？"

达希凑上前来："这周把菜谱记熟，周六我就拨出几张桌子，让你自己负责，有事再找我。说真的，我希望你留下，你比萝丝能干，再学上几天，你就能跟我们一样老练了。"

看来我顶替的是萝丝的位置，听说她在坐牢，但谁都不知道她犯了什么罪。她有一批熟客，所以我要多下点儿功夫，把她的熟客变成我的。

"很快我们就能再上一层楼，财源滚滚了。"达希说。

"怎么？"

"到时候我们可以轮流上工，不让别人插手，那样比现在赚得还多。我知道在这儿干活不容易，你这么能干，梅伊女士也不用再雇人了，留下吧。"

的确，我还从来没有像今天这样辛苦过——跟"傲公鸡"相比，微风超市里的工作简直微不足道，但这里的收入相当可观，只是我的脚一直在抗议。

"我不会走的，"我说，"今天还有什么要我做的吗？外面有人在等我。"

达希把我的那份钱放在桌上，往前推了推："没有了，下班吧。下周见。"

我强压着心中的激动上了车，但还是被雅登一眼看穿了。

"不错吧？"他问。我有些诧异，嗅到他身上男士浴液的清香时，沮丧又涌上心头。他好像刚洗过澡，头发还是湿的。

"很好。"我不想告诉他我赚了多少，因为他根本不会把这点儿钱放在眼里——他的零用钱说不定就有这么多，"只要我背好菜谱，下周六就可以自己负责几张桌子了。达希——就是带我的老店员，说我很讨人喜欢。"

雅登笑道："我们南方人就爱挖苦人。"

我扬了扬下巴："我就是南方人，傻瓜。虽说我跟你不一样，但这不代表我不讨人喜欢。"

"言之有理。可我跟大多数人都一样——也包括你。"

"强词夺理。"

"老实说，达希说得对。"他耸了耸肩膀，"刚才我去外叔公家，帮他干了点儿活。"

"他好吗？"那晚过后我还没见过沙克尔福德先生。说不定今晚他就会去微风超市，跟往常一样问我问题。唉，虽然脚痛难忍，但今晚还得去值夜班，好在那儿还有地方坐。

"他很好。"雅登轻描淡写地说。

"你告诉他了，是吗？"

"他自己想明白的，"雅登咧了咧嘴，仿佛含着苦药，"不过他不计较了。"

"因为你给他干活儿？"

"他要付我工钱。我想，既然你要打工，那我也不该闲着。"

啊？他这么说，好像我们是小两口。"我打工跟你有什么关系？"

他耸耸肩，谈话的气氛变了，他有些不自在，假装专心地打着方向盘，以回避我的问题。直到这时我才发现，车并没有朝我家的方向开。

"我们要去哪儿？今晚我还得去微风超市值夜班呢。"

"我能不能问问今天你赚了多少？"

见我扬起眉毛，他又补充道，"是不是比在微风超市赚得多？噢，别这么看我。我只想问问，以后你能不能只在'傲公鸡'工作？这样你晚上就有空儿……做做作业，嗯，还能找点儿乐子。"

找乐子，他还想拉我去搞恶作剧，昨晚惹的乱子已经够大了。虽然在我的记忆里，我只在用弹弓射鞭炮时、只在看那个小孩儿伸手抓牛粪时，才痛痛快快地笑过，但对我来讲，接父母回家比享受欢乐更重要。

"这两份工作我都要做。"我故作严厉地说。

但雅登并没有被吓住："就知道你会这么说。你要上学，还得打两份工，要是把自己累死了，我也会觉得过意不去。要是不想辞掉微风超市的工作，能不能这样——一周只去两天，行不行？"

我第一次觉得雅登说得在理。一边上学，一边打两份工，我未必吃得消，成绩也会下滑——这绝对不行。而且，既然在"傲公鸡"就能赚那么多，为什么不让自己轻松一点儿呢？"因为爸爸还指望着我们呢，"胡里奥的声音在耳边响起，"你不想让父母早点儿回来吗？"

我当然想。

"我需要钱，"我坚定地说，"少干一分钟都不行。"

雅登紧紧地攥着方向盘，为说服我而绞尽脑汁："你为自己想过吗？你自己想要什么？你在学校也那么刻苦，你这是在为难自己。"

"你劝我辞掉微风超市的工作，只是为了让我在晚上多陪陪你。"我折好围裙，夹在双膝之间，防止钱掉出来。我希望雅登能把目光从我通红的脸上移开。

"为了让我在晚上多陪陪你。"

傻瓜。

他仿佛看穿了我的心思，咧嘴笑了："工作和学习并不是生活的全部。"

生活，对我来讲，生活不过是个抽象的概念。在我的父母再次踏上美国的土地之前，它是我不得不撇在脑后的东西，是我无暇去担忧、去考虑的东西。

对不对？

"对不起，我不想逼你，我这就送你回家。今晚要上夜班的话，你得好好休息。"

我突然想起来，雅登打算今晚去堆着货物的码头转转。于是在我心中，去冒险找刺激的想法战胜了去加班的念头，就是不知我的脚能否撑得住。我们想再搬几个箱子进去，而现在我只能踮着脚尖搬东西，唉。"晚上我可以跟你一起去，"我大声说，"就是得好好泡泡脚。"泡脚？我什么时候泡过脚？到哪里去泡？难不成还会有个满是泡泡的浴缸给我用？

"好，去溪边，正好让你泡脚。"

"你呢？"

"捉鱼。我有用。"

我不禁笑了起来。他又想做什么？我喜欢跟雅登在一起，在他身边，我像是变了个人，无忧无虑、无拘无束——可是，这恰恰说明我活得并不自在。

雅登似乎知道我在想什么："你给胡里奥当牛做马，却不让自己享受生活，这不公平。"

我想告诉他，这的确不公平，不过我卖命工作，并不是为了胡里奥，而是为了我的父母。在美国，父母含辛茹苦、挥洒血汗，只为供孩子上学，给他们买好东西，让他们远离饥饿、暴力和疾病。在美国，孩子都是父母的心肝宝贝。

而我的父母呢？他们挖空心思想要来到这里，是为了……我也不清楚，也许是为了让弟弟妹妹过上好日子，总之不是为了我。我是个十六岁的高三学生——等他们回来时，说不定就读高四了。妈妈说得很清楚，她现在要养育两个孩子，所以不但没法照顾我，而且还需要我的帮助。我不反对，真的。能为家人出一份力，我很自豪。我希望弟弟妹妹能在美国长大，即使美国人对他们嗤之以鼻。可是，倘若在加拿大生活条件更优越，前途更光明，难道美国人不会对那里趋之若鹜？我敢打赌，他们肯定会。

然而人们总在这种事上犯糊涂，怪墨西哥人抢了他们的饭碗和福利。

不怪雅登不懂，他是典型的美国人，信奉自由至上。

不得不承认，我很羡慕他。

"胡里奥已经尽力了。"我告诉他。我只能这样说。跟他谈贫穷、责任、家庭之类的问题，会糟蹋那一沓钞票带来的好心情。

"能不能听听我的意见？"

又来了。"你说。"

"等两周。我跟你打赌，两周以后，你就不想再在微风超市干了。"

"我现在就不想，可我不能辞掉那份工作。"

"哎呀，卡莉，你不能把所有的责任都扛在肩上。答应我好不好，两周以后，你要是累了，就把那家超市的工作辞掉。你能有什么损失？那一点点薪水吗？哪怕只在周末去'傲公鸡'，赚的都不止那个数。"

"你说这么多，只是为了拉我一起去搞恶作剧。"

"那又怎样？"

"我辞掉一份工作，跟你出去惹是生非，对我有什么好处？"

他把车停在路旁，将胳膊搭在我的椅背上。他的姿势并不暧昧，但我却心如小鹿乱撞。见鬼。

"生活啊，卡莉，你会有自己的生活。"

我还能说什么呢？

跟妈妈一样，胡里奥只跟我说西班牙语。"今天怎么样？"他一边问，一边翻动着锅里的鸡肉干酪薄饼。我坐在桌旁的凳子上，看着他做好的辣酱，咽了下口水。

"不错。"我正等着他问呢。我要给他的钱，比我以往一周的薪水还多。"看好了，"待他抬头望向这边，我从围裙口袋里取出钞票，摊在桌上，"都是我赚的。"其实我悄悄留下了五美元，但他是不会发现的。

胡里奥的眼睛瞪得像锅里的薄饼那么圆。"这么多？"他把钱收起来，按面额整理好，舔舔手指，数了起来。"哎，我的天哪，"他说，"真不敢相信，你从哪儿弄来这么多钱？"

我忍不住笑了起来，胡里奥果然很开心。我知道跟工地给他的工资相比，微风超市的薪水简直微乎其微。不过这次不一样，他的表情告诉我，这笔钱很可观。

"我在'傲公鸡'找了份工作，周末上早班。我不想太早跟你说这事，怕有什么意外，"我骄傲地说，"两周以后，老板还会付我薪水，你手里的只是小费。"

"要么是你服务周到，小妹，要么是那些有钱人可怜你。"他一定听说过"傲公鸡"这个名字，也知道那是什么地方。泪水在他眼里打转，他终于放心了：小妹也能扛起家庭的重担了。

我觉得自己像一粒不可或缺的分子。

"想想看，要是你同时打两份工，能赚多少钱？"他说，"都能赶上我的薪水了。"

深深的愧疚涌上我的心头。

我觉得自己比一粒分子还要卑微。

因为我正在考虑要不要辞掉微风超市的工作。我累了，今天我上了六小时班，走了将近二十公里路。要是每周上五天夜班，两天早班，还要顾及学业，我会有多辛苦？

可胡里奥也不轻松，但他从来没有抱怨过。

见我有些迟疑，胡里奥皱起眉头说："爸妈都指望着我们呢，我们得帮帮他们，卡洛塔。这份工作不错，不过微风超市的那份薪水也不能丢。"

"我知道，我说什么了吗？"

"都写在你脸上了，小妹。"

"我只是想，既然在咖啡厅能赚这么多钱，也许微风超市的工作可以少干些。"

胡里奥小心翼翼地从橱柜中取出两只盘子，分别摆在我们俩面前，把薄饼切成两半，放进盘子，又浇上辣酱。他要开始讲大道理了。

他拿起一只灯笼椒——说不定是从瑟诺拉·佩雷兹的"花园"里摘的，放在菜板上，熟练地把它切成条，又切成丁。"你长成漂亮的大姑娘了，能赚钱了，"他看了看桌子上的钞票，"而且还是大钱。"他用刀把辣椒丁拨成一堆，"能赚钱就想独立，我懂。"他把辣椒分成两份，撒在盘中——他明知我不爱吃，"你是个好姑娘，卡洛塔，还很聪明。我知道，我们对你的要求有点儿过分，但以后爸妈都会为你骄傲的。"

"以后"这个词真刺耳。也就是说，我做了这么多，还没成为他们的骄傲。不知胡里奥怎样看我，不知他会不会跟妈妈说我好吃懒做、不思进取。他不上学，只知道工作，十五岁便开始打全日工。三年前父母被遣送回国时，他才十七岁，却肩负起了照顾妹妹的重担。

我只需要替自己着想，而胡里奥像我这么大时，根本无人照料，不知他是否羡慕我。

胡里奥今年只有二十岁，内心却早已衰老不堪。

他凌厉的目光落在我脸上："想想吧，卡洛塔，如果身在墨西哥的人是我们，难道爸妈不会尽力接我们回来吗？他们会偷懒吗？"

　　当然不会。他们盼望着一家团圆，那么我呢？愧疚在我的心里激荡。我当然希望他们能回来，可问题是，我们究竟要付出怎样的代价？"他们不会的，"我让步了，但同时也被愤怒冲昏了头脑，不管不顾地辩驳起来，"你能不能告诉我，我们要给那个'解放者'多少钱？还差多少？我还要过多久当牛做马的日子？"我没想让他回答，不过他摆出一副无所谓的样子，似乎准备把话说破。我是否做好了倾听的准备？

　　我只知道自己盼着父母回来，跟我们在一起。

　　胡里奥走到水槽旁边，打开水龙头，把刀放在下面冲了好久。随后他拉开抽屉，取出一张咖啡滤纸，把刀擦干——我们家一直把咖啡滤纸当纸巾用，因为它比较便宜。放下刀后，他回过头来，双手撑在身后的水槽沿上，慢慢地点了点头："妈妈怕你担心，不让我跟你说这些。不过，既然你付出了这么多，就有权了解情况，我觉得你比妈妈想象的还要坚强。"

　　我屏住了呼吸，也许我没那么坚强。万一我们要交给"解放者"的钱是个天文数字，恐怕我这辈子都会直不起腰来。我跟随雅登享受到的那一点点自由，就会变成残酷的讽刺，我就不得不承认，真正的生活只能是有钱人的奢侈品。

　　我是美国人，但我是个奴隶。

　　"到底需要多少？"

　　"'解放者'开价，每个人一万五千美元。"胡里奥的语气很平静，似乎在谈天花板上有多少裂缝，铺地的油毡上有多少坑洼。他还耸了耸肩，仿佛没有被自己刚刚放出的重磅炸弹伤到分毫。

爸爸，妈妈，弟弟，妹妹。

六万美元。

我不住地吞口水，但嘴里的苦涩就像一条暴怒的毒蛇，怎么也不肯下落。我想算算，要在"傲公鸡"和微风超市工作多久才能赚够那么多钱，但数目太大，我算不出来。

"我是不是不该告诉你？"胡里奥轻轻地说，"这还包括送他们出沙漠的钱。"

我摇摇头，双手抱肘搭在桌上。我肩上的担子一下子重了许多，不知这张桌子是否禁得住。"我们……我们现在攒了多少？"

胡里奥突然兴高采烈起来："将近五万块啊，小妹。你看，我们的努力没有白费啊！"他的眼中闪着自豪的光芒——理应如此，如果没有他，我们根本存不下这多钱。我心中感慨万千，微风超市的薪水买日用品都不够，我们一直恨不得把一分钱掰成两半花。

我们每周都寄钱回家，而那些钱都是胡里奥赚的，他才是这个家的奴隶。

胡里奥似乎轻松了不少，仿佛他说出一切的同时，也把一部分负担转交给了我。这说明他很重视我，说明他觉得我是个大人了。他不是随便跟我说说，而是把我当成了共同奋斗的战友，我不该辜负他。

但我只觉得不堪重负，只想知道这副担子还要扛多久。

我也不知道自己还能扛多久。

然而，家人值得我牺牲一切。

16

　　又是社会学课。雅登匆忙坐下，尽量不去看卡莉，而卡莉也对他视而不见。他正在努力适应两人这种奇怪的关系，明明彼此很熟，在学校却要装作陌生人。她说不想引起别人的注意，而他也觉得这样很好：越是有人问他们俩是什么关系，他的心里就越乱。

　　因为他也不知道该怎样回答。他们一起出去玩，一起闯祸，一起笑——这能说明什么呢？

　　而且几个星期以来，他的生活变得乐趣十足。他觉得跟卡莉·维格在一起时，自己才是在享受生活。姐姐去世之后，他模模糊糊地觉出，生活与生存并不是一回事，而直到现在，他才懂得生活需要仔细品味和经营，但有好长一段时间，他只是瞪着眼睛茫然地活着而已。

　　以前，他经常在晚上乘着格拉斯副警长的车四处兜风，没有警情时，两个人都一声不吭。警车在大街小巷穿梭，他眺望窗外，觉得对于一个失眠的人来讲，融入那一片难得的祥和就是生活。

现在他才知道，以前独自出门搞恶作剧时，快乐都打了折扣。为什么？他不停地思索着。

他还问自己，为什么如此珍惜跟卡莉共同度过的时光？答案随即随着另一个问题涌入脑海：如果连这点儿快乐都没有了，你还剩下什么？

终于下课了，他理了理思绪，若无其事地跟卡莉在走廊里并肩前行。她在储物柜前停下脚步，打算拿出下节课要用的书本和资料，假装没看见他。

她打开柜门，准备取东西，而他则靠在她左侧的柜子上："有必要吗？"他轻声说，"大家都觉得我们俩是一对，如果我们表现得亲密一点儿，他们就不会再好奇、再议论、再盯着我们看了。那样不是更好吗？"

卡莉扬了扬修长的眉毛，雅登终于又看到她俏皮的目光，开心了一小会儿。但卡莉说："要是他们认准了我们是一对，就会请我去参加无聊的聚会，跟他们一起吃午餐，谈八卦——把我变成焦点人物，这样叫'更好'？"

没错，如果朋友们以为他得手了，这一切都会立即成为现实。喜欢一个人时，就会这样患得患失吗？"最近我既没参加他们的聚会，也不在学校里吃午饭，你忘了？"他还是经常开车去塔科城乱逛，但只要卡莉开口，他也愿意留在学校吃顿难以下咽的简餐。

然而她从来都没主动找过他。

"你每天花在午饭上的钱就有五美元，我怎么能忘呢？"

"三美元九十九美分，优惠价。"

"说起来，"她关紧柜门，脸上洋溢着明媚的笑容，"下午还去吗？"雅登也不由自主地笑了。他答应过，要带她去德斯坦市的百思买商城——她终于背着哥哥攒够了钱，想买一台笔记本电脑，这样就不用再向学校借了。雅登知道，这对她很重要。

"当然了。"

她面露难色："这样是不是不好？我不应该瞒着胡里奥。"

雅登白了她一眼，虚伪。其实她早就开始偷懒，没有天天值夜班了。"怎么？你觉得良心不安？你给他的钱都够买辆兰博基尼了。"他朝她摆摆手，"啊，我明白，你不想说他用那钱做什么。"他捂住她的嘴，堵住了她经常说的那句"这跟你没关系"。这的确跟他没有关系，不过这种话谁喜欢听？何况她一说这个就换上一副不耐烦的腔调。

他的举动招惹来许多意味深长的目光，卡莉也对他怒目而视。他退后一步，把那只闯了祸的手插进裤袋："啊，天哪，我得走了，不然一会儿就有人请我们去参加聚会了，可我们不能去，对吧？"

他几乎夺路而逃，身后有人在咯咯笑。那笑声令他神往。

雅登把车开到百思买商城门口，卡莉正喜气洋洋地等在那里。她怀里的箱子很大，有些不好拿。她把纸箱递给雅登，好空出手来上车。雅登觉得箱子轻飘飘的，不像是装了高科技设备的样子。"嗯，是笔记本电脑？"

她的眼睛闪着光："很轻是吧？这是最小巧的型号，随便一藏，胡里奥就找不到了。他接着用从学校借来的那台旧电脑，这部我自己用。"

她猛地关上车门，雅登已经说过好几次，让她动作轻些，不过这回她一反常态地道了歉："对不起，我太激动了。"他看得出来。

天色暗了下来，在享受今晚的欢乐时光之前，他还有个电话要打。他把车开进停车场，示意卡莉等一小会儿，然后开始拨打手机。

"您好，海岸花店。"电话里有人说。

"你好，我是克拉伦斯·巴恩斯，想送十二朵玫瑰给心上人雪莉·摩斯。"

对方沉默了一阵，然后说："先生，上次她收到花，说并不认识您，还说请您不要再送花过去了，她是有夫之妇。"

卡莉好奇地看着雅登，雅登冲她眨眨眼："就算她不收，我也照样付钱，这样还不行？"

又是一阵沉默："那好吧，先生。"

"什么都别问，只管送花，拿钱。仰慕者向心上人匿名示爱——你们以前也遇到过这种情况对不对？只要花送到，剩下的事你们不用管。你们要是连这个都做不到，情人节那天还有生意做吗？"

对方被他说服了，他听见那边在飞速地写着什么。卡莉捂着嘴，憋着笑。随后电话里说："我们的确开展过匿名送花服务。巴恩斯先生，我查到上次您送玫瑰的地址是朗费罗路42

号，对吧？"

听到自己家的地址，雅登觉得很亲切。"没错，还是往那里送。"

"上次我们送了二十四朵玫瑰过去，这次也一样？"

雅登翻了翻钱包，自从给外叔公干活儿，钱包充实了不少："对。要多少钱？五十美元？"

"送花？噢，不是，先生，要八十美元，还得付税。"

雅登对着电话笑了："为了心上人，什么都值得，你懂的。"

听筒里传来一声叹息："我明白，巴恩斯先生。您要怎样付款呢？"

雅登取出一张存了钱的代金卡，老式代金卡不具名，因此也无法查到持卡人的信息："今天用万事达卡结账。呃，请问怎么称呼？"

"威廉姆，先生。"

其实，雅登不仅清楚对方叫威廉姆，还知道他就是花店老板，因为他已经在这家花店订过无数次花了。只要有生意做，威廉姆才不在乎送花的人是不是居心叵测，也不管收花的人是不是有夫之妇。雅登把卡号和有效日期告诉他，威廉姆又跟他确认了一遍。

"今天就送吗，巴恩斯先生？"

"时间够吧，威廉姆？"

"没问题，先生，没问题。"威廉姆挂断电话，也许以诚待客是他心中仅存的道德准则。

卡莉惊讶得眼珠都快掉出来了："你给自己的妈妈送花？

克拉伦斯·巴恩斯是谁？"

雅登耸耸肩："让我妈妈发发愁，让我爸爸操操心。"其实他清楚，摩斯警长从不为任何事操心，上次妈妈给花店打电话，肯定也是爸爸逼的——这种事太不体面。他暗暗希望妈妈能喜欢那几束玫瑰，不要在意是谁送的。

车子开上 98 号公路，向洛林·布鲁克区驶去。卡莉安静了一会儿，又开口道："你想逼父母离婚？"

如果可以，他一定会劝妈妈马上离开德韦恩·摩斯，不过妈妈对爸爸依赖有加。"这样做，也许能让他更加珍惜我妈妈。他根本没把我妈妈放在心上，就算知道别人对他老婆有好感，他也绝不担心。"

卡莉笑了："你多久送一次花？"

"每隔两三个月吧，让他们警醒着点儿。"

她佩服地扫了他一眼："今晚有什么打算，摩斯？"

很好，卡莉叫他"摩斯"。自从听她说"雅登"这个名字总让人联想起开着粉色花朵的花园，他便觉得自己少了几分阳刚之气，而"摩斯"还是很有男人味的。

"搞搞房地产。"卡莉见他朝后面示意了一下，便向后车窗望去。

"招租广告牌？"她惊声道，随后又开心地笑了，"不错嘛！"

"我想去汉莫克港找几栋房子，把广告牌插上。"雅登就住在那个小区，那里的居民很快就会知道是谁在搞鬼，但他们肯定找不到证据。

雅登从来不会留下把柄。

"咱们再去市政厅门口贴张拍卖告示，还有停止办公的通知什么的。"

卡莉摇了摇头："没意思。不过不管干什么，这次我们得戴上手套，胶带也不能在附近买，否则会留下线索的。我还得找东西遮住脸——我的鼻子太惹眼了。"

雅登觉得她处处都十分惹眼，只是他以前太粗心，没注意："我们又不是去抢银行。"

"我只是……想挡挡脸，万一让胡里奥知道了……"

"你总是把胡里奥挂在嘴边，我都听烦了。"不过，他知道说什么都没用，弄不好还会惹她生气。万一卡莉赌气回家，他就只能孤零零地彻夜难眠了，所以还是别自讨没趣比较好。"我们去利昂·斯普林斯区买橡胶手套和胶带，这样总行吧？"

"后面的广告牌呢？你摸过没有？"

"开什么玩笑。"他才不会把指纹留在上面。

"你总是一副有恃无恐的架势。你爸爸是警长，你有免死金牌，可我没有，万一被警察抓住我就完蛋了。"

她早就说过，万一被警方发现，胡里奥就会跟她决裂。要是留下案底，她为赢得奖学金所付出的一切努力也将付诸东流。这些他都知道，可她根本就是杞人忧天嘛。

他们去利昂·斯普林斯区的一家一元店选了几样必需品，这家店里，各种日用品应有尽有，而且每样东西只卖一美元。他们还买了零食和汽水以补充体力。收银员结账时，雅登在脑子里列了张清单：胶带、手套、面具、假胡子、记号笔。最终，他们平摊了费用——以前卡莉总是斤斤计较，总为缺钱而忧心忡忡，经常让雅登觉得很扫兴，不过最近她出手比他还大方。

上车以后，雅登拿出一个文件夹，里面都是他从学校图书馆搜罗来的房屋拍卖表格。卡莉接过来看了看，摇摇头："这样太过分了，我们会下地狱的。"

"你相信有地狱吗，卡莉？"

"你不信？"

雅登哼了一声："上帝不是慈爱的化身吗？那下地狱这事公平吗？比如说，你是个罪人——当然，每个人都是。我的意思是，你是个十恶不赦的罪人，活了九十九年，然后去世了。你只干了九十九年的坏事，但生生世世都要在地狱里煎熬，这算哪门子的公正？明明是量刑过重。"

"那你说坏人会有怎样的下场？"

"你并不是坏人，卡莉，我们只是去捉弄人，又不是去杀人。"

"不，回答我，坏人最后都怎么了？"

雅登想了想："死了。如此而已。"

"那好人呢？"

他想起了姐姐安布尔。牧师告诉他，姐姐下了地狱，因为她是自杀的。她的生命归上帝所有，她无权随意处置。然而安布尔连面目狰狞的蜘蛛都不忍心踩死，只会把它赶到杂志或者报纸上，送出门外。后来她病了，精神失常，以至于胡言乱语、行事诡异。如果她只是想结束自己的痛苦，怀有慈爱之心的上帝也要罚她下地狱吗？

雅登不以为然。"世上有真正的好人吗？彻彻底底的好人？我们都是在努力赎罪的恶人，对不对？我只知道，我们会死，人人都会死。"

卡莉似乎洞察了他的心事。他们没有谈过安布尔的事，卡莉虽然好奇，但还是转移了话题，也许她觉得雅登不愿意提起那段伤心的往事。其实，那段回忆的确让他痛彻心扉，但他愿意把一切都告诉卡莉。卡莉从不哄他、安慰他，不论他是否爱听，她向来只是直言相劝。

这样很好。安布尔去世之后，周围的人都对她的事讳莫如深，对雅登小心翼翼地报以同情，仿佛他是只娇气的瓷娃娃，也许是怕他也做傻事。倘若当时有卡莉在身边，给他一拳，然后说："嘿，又不是你害死她的！"那该有多好。

此时此刻，她也没有虚情假意地安慰他，而是谈起了别的事情，这就是卡莉。"其实我不怕下地狱，只怕进监狱，牢里可不好玩儿。"

"我们不会坐牢的。就算被抓，也只是去警察局回答几个问题，用塑料碗吃点儿玉米粥，喝杯凉咖啡什么的，不会留案底，也没人起诉。绝对没事。"

"你被抓到过几次？"

"被抓现行？就一次。还是我朋友的错。这儿的警察并不笨，可他们有自己的规矩。要是同事的亲戚犯了事，他们不会太较真的。"

"哦，也就是说，你可以用塑料碗喝玉米粥，而我要给布鲁图斯①做狱友？"

---

① 布鲁图斯：古罗马政治家和将军，组织并参与了针对恺撒的暗杀行动。

"别傻了，他们不会把你跟男人关在一起，你的狱友顶多是风尘女。"

她笑道："那你看中了谁家的房子？总不能让汉莫克港所有人都遭殃吧？"

"市长的房子应该好租。你有更好的目标吗？"

"就去市长家，还可以把招租信息登在网上。"

"太棒了。"

卡莉戴上面具，把假胡子扯成两半，贴在眉毛的位置："怎么样？"

可爱极了。"好凶，有点儿吓人。"

"那就好。"

她打开车门，取出招租广告牌，打算把市长的别墅连带家具设施一并"租出去"，要价每月五百美元。这栋别墅不啻一座宫殿：青翠的草坪修剪得整整齐齐，庭院中央的人工池塘还配有精美的喷水金鱼雕像。

雅登觉得月租五百美元并不贵。

他见卡莉偷偷摸摸地走到市长家院门口，将广告牌插在地上，又用尽全力往下压了压，随后赶忙跑了回来。上车以后，她咯咯地狂笑不止，从面具下飘出来的笑声有些发闷。

车子向汉莫克港开去，雅登很快就找好了第一个目标。"他自找的，"他说，"这儿的公共绿地由一家园林公司养护，可奥纳凯把那家公司当他们家的用人使唤。"

"好，罗宾汉。"

他笑了："那你就是玛丽安了①？"

"说我是威尔·斯卡莱特②还差不多。"

有戏。"威尔·斯卡莱特会是个可爱的机灵鬼？"

"你也这么夸你妈妈？"

"说什么呢？"

她把头发拨到一边，抿起嘴说："加油啊，小罗宾。"

他插好广告牌，回到车里之后，鼓起勇气提出一个大胆的请求："既然都来了，去我家坐坐吧？"

她警觉地盯着他："干吗？"

"我想上厕所，而且去坐坐有什么不好？我沏的甜红茶堪称南方一绝。"

① 罗宾汉与玛丽安：罗宾汉是英国民间传说中劫富济贫、行侠仗义的绿林英雄，而玛丽安是他的爱侣。
② 威尔·斯卡莱特：传说中罗宾汉的得力搭档。

17

  我坐在雅登的床上，这里的气氛并没有想象的那样暧昧。我以为他有一张大大的床，床单乱七八糟地揉成一团，枕头上还遍布着星星点点的口红印。然而他的床十分整洁，连蓝色的被子都叠得四四方方。我以为他房间的墙上贴着泳装女郎海报，架子上放满了橄榄球比赛奖杯、模型车之类男孩子喜欢的东西。我以为，会有不少女孩子被他绿色的双眸和有棱有角的嘴唇所吸引，一个接一个地进出他的卧室，这个房间会因来不及打扫而格外脏乱。

  然而，雅登的房间简直……平淡无奇，里面只有一张单人床、一个放着铸铁台灯的床头柜、一张老式木桌，窗前有张旧摇椅，旁边是支着三脚架的望远镜。总之，一切都在我的意料之外。我觉得他凡事不拘小节，因此肯定很邋遢，可他的房间竟然如此干净，简直像没有人住过一般。床边的地毯上还留着吸尘器吸过的痕迹，脏衣篮里也只有几样衣物。墙上没有海报，没有奖杯，也没有架子，只挂着一台平板电视。

这里丝毫没有暧昧的气息，我不由得松了一口气。其实，雅登在他自己的房间里——在任何地方，做什么都不关我的事。

可我为什么这样在意？

雅登从客厅回来时，我还在出神。他冲我做了个鬼脸："这里有怪味儿还是怎么着？"

但愿那干巴巴的笑声不会出卖我的心事。天哪，要是被他猜中心思，我简直会尴尬死。"没有，我只是……只是没想到这里这么干净。"

他皱皱鼻子："当然了，我又不在这儿睡。"

"难怪。你父母呢？"别的房间好像也都一尘不染。

"妈妈一般只待在她自己的房间里，爸爸经常不在家。"

我以为他会再讲讲他妈妈的事，可他没有。于是我用下巴示意那架望远镜："你用它看星星还是偷窥？"

他耸耸肩："人是渺小的存在，而我喜欢这样的感觉。有时生活比人类强大得多，你觉得呢？可是，如果你知道自己不过是浩瀚宇宙中的一粒尘土，很多事就释然了。"他的话在我们两人之间回荡，闲聊时，这个话题未免过于沉重。

不过，我想跟他谈谈，想要了解他——毕竟事实已经证明，我对他的第一印象都是错误的。可同时我又不想探寻他的内心。

因为我不想爱上他。

"很多事？"我压抑着涌上心头的好感，"你是说生存，还是死亡？"我用下巴示意着桌上的黑白照片，里面的姑娘与我们年龄相仿，甜甜地笑着，一副学生模样。我知道那是安布尔，她的酒窝，还有气质，都跟雅登一模一样。

他紧挨着我坐下，我们的胳膊和腿贴在一起，他的气息笼罩着我。"最折磨人的并不是生死，"他轻声说，"而是空虚。"

我知道空虚的感觉。当父母被遣送回国，留下我们兄妹俩相依为命时，我便觉得茫然恐惧、无可寄托。不过我很清楚，我当时的烦恼跟雅登此刻的感受有天壤之别，现在他的眼神就浸满了悲痛。

"我不应该提起她，"我说，艰难地咽了一下口水，"我只是……只是觉得，我们从来没有谈过她的事。如果你不想说，我们就谈点儿别的吧。"

"她病了，"他脱口而出，"最后她每天都大哭大闹。我们那混账爸爸却装作什么事都没有，连带她去看医生都不肯。"

我真希望他不要再说下去，不要再为难自己。悔恨如旋风般在我的心中激荡，可我插不上嘴。身为听众的我都如此难受，他的心中肯定像有数千团火焰在燃烧。他完全变了个模样，用盈满泪水的眼睛凝视着我。

"这么说很矫情，可她真的是我的一切。她比我大两岁，就像我的影子一样，不，我是她的影子。"他十指交叉，将双肘撑在膝盖上，似乎在捡拾记忆的碎片。"她是我的搭档，第一个搭档，"他勉强笑了笑，又说，"自打我十岁以后，我们俩总在一块儿。"

"她吃了好多我妈妈的止痛药，"他说，"是我发现的。起初我以为她睡着了，但事情不对头——她身着盛装，浓妆艳抹，可那几个月她一直都是邋邋遢遢的。现在我还能记得，她的眼影有点儿花。她是那样安详，双眼紧闭，好像一只布娃娃。接着我看见了床头柜上的药瓶，旁边是一只空杯子，上面还有口红印。"他把目光转向我，"葬礼过后，我就开始失眠了。妈妈吓坏了，背着爸爸带我去看医生。医生开了药，但我赌气把药片都冲下了马桶。"他干笑了几声，"我每晚都只能盯着天花板到天亮，后来有天晚上我出去走了走，自那以后我就变成了夜猫子。"

"你是说……你一直都失眠？你撑得住？"

他是不是靠过来了？"说来有趣……"他把额头抵在我的唇边。

"怎么？"我轻声问道。

"我总是睡不着——直到三个星期以前，我跟全郡睫毛最长的姑娘一起用牛粪和手袋搞了个恶作剧。"

我不禁屏住了呼吸。

"卡莉，是你治愈了我的心，让我不再空虚。每次跟你出去玩儿，回家以后我都能酣然而睡，"他打了个响指，"很奇怪。我不想肉麻地说你取代了安布尔——谁都不能取代她。而且请相信我，我也没有把你当姐姐。"他尴尬地清了清喉咙。

"你说什么呢？"

他叹了口气，抓了抓头发，为难地说："我也不知该不该说。说出来，有些事就不一样了，我不想把你吓跑。"

我会被他吓跑吗？真的会发生改变？我也不清楚。也许从表面看来，我们要么会更加亲近，要么会变得疏远。

然而我的内心深处已经发生了翻天覆地的变化。我知道自己喜欢他，我想听他说心里话，想确认自己不是单相思。我真怕自己只是一厢情愿，只能永远将这份感情锁在心底。他到底是什么意思？他还说我的睫毛是全郡最长的——他在关注我。

而我对雅登·摩斯有多了解？他高大英俊，喝咖啡时喜欢加奶和糖；他开车时总是斜倚在车门上，只用右手握方向盘，倒车时只看后视镜；他不挑食，给什么就吃什么；他点矿泉水做饮料时，心里想的八成是甜红茶；他跟沙克尔福德先生一样，总能说出有哲理的话。

还有，每次上课前，他都会冲我眨眼示意。是他的笑容伴我入睡，每当我看见他的车开进"傲公鸡"的停车坪时，心中都翻腾着喜悦。没有他，每个值夜班的晚上都变得索然无味。

不论他要说什么，我都想听，很想很想。"说吧。"

他又凑近了些，我感觉到了他的体温——那次鞭炮在脚下爆炸时，我跳到了他的怀里，也离他这样近，不过这次完全不一样。他轻轻抚摸着我的下巴与嘴唇，我深吸了一口气。

"我在你心里吗，卡莉？"他温柔地问，"我心里有你。"

我心里有你。

我刚要点头，他便吻了上来。他起初似乎在试探，在犹豫，但片刻之后就变得果决而又坚定。我们俩的友谊走到了尽头，而另一种情感正在萌芽。他的唇像水一样软，我觉得天旋地转。

我们紧紧贴在一起，然后——

他卧室的门开了。我们猛地放开彼此，仿佛大地在地震的作用下裂成了两半，我的魂都快被吓飞了。

我的双颊像有岩浆流过。

雅登拉长了脸。"敲门是最基本的礼貌！"他对门口的人影说。然而摩斯警长看都没看他，只是鄙夷地盯着我。

我心虚起来。不知道摩斯警长会怎样想，会不会把我当成雅登的又一件战利品？如果事实果真如此，如果我早就被雅登玩弄于股掌之间，我该怎么办？他是怎样勾引其他女孩的？他是不是对我早有预谋？

"家里的规矩都是我定的，"摩斯警长说，"你们俩都给我到厨房去，别磨蹭。"

我站起身来，不过雅登抓住了我的手腕。他想走在我前面，挡在我和他父亲中间，这让我很不舒服。一丝恐惧涌上心头。

倘若胡里奥知道我跟摩斯警长的儿子接吻，他会怎么说？摩斯警长是他最恨的人。

雅登牵着我的手，从他父亲身前经过，下了楼，走到厨房旁边的客厅里，跟摩斯警长中间隔着一张桌子。摩斯警长的警徽烁烁放光，如闪电般刺痛了我的眼睛。

雅登仍然没有放开我的手——要么是因为他在乎我，想替我说话，要么是由于他觉得大事不好，想保护我。一时之间，我也不知是否应该高兴。

"姑娘，你叫什么？"摩斯警长问。

"卡莉。"我低声说。还好，我还记得自己的名字。

"你姓什么？"

"维格。"

"你该怎么称呼我？"

真的要这样吗？"我叫卡莉·维格，先生。"

"天哪，爸爸，"雅登说，"她是我们的客人，我们刚才——"

"哦，我看见你们'刚才'在干什么了。我可不记得买这房子时你付过一分钱，所以谁是客人我说了算，不请自来就算是非法入侵。"说罢，他便去摸挂在腰侧的枪。

我心里有东西动了一下，不是恐惧，而是怒气。

雅登一定觉察到了——他捏了捏我的手："卡莉是我的女朋友，以后她会常来的，你就习惯一下吧。"

他终于说出来了，我有点儿受宠若惊。

"真的？你的女朋友？半夜去市长家插招租广告的就是她吧？哦，别这么大惊小怪，卡莉。布希市长好像去度假了，不过他的管家还在。你猜，她说她看见了谁的车？说不定你也认识她呢，卡莉。她叫卡门，也是你们的人，移民。"

市长的管家认出了雅登的车！该死！

等等，什么叫"你们的人"？

"别说了，爸爸！"雅登怒气冲冲地喝道。他咬了咬牙，我的手都被他捏痛了。

"别乱讲，孩子。你说她是你女朋友？她怀了你的孩子？"

"你要是再这么说她——"

"说话当心点儿，孩子。"摩斯警长高大魁梧，头发花白，略微秃顶，有条青筋从发际线一直延伸到左眉梢，好像快要暴出来了，"回答我的问题。"

雅登慢慢松开我的手，将掌心贴在面前的大理石桌面上，看来他在努力平息心中的愤怒。他这副剑拔弩张的架势，我还是第一次见。他爸爸的话让我很尴尬，怀他的孩子？难道摩斯警长认识胡里奥？难道雅登让谁怀过孕？"你不能侮辱她，侮辱她的血统，该小心说话的人是你。"

等等，"侮辱她的血统"？

摩斯警长双臂交叉，抱在胸前："哦，是吗？"

"没错。"说这两个字的人不是雅登。

是我。

18

雅登一向钦佩卡莉的勇气，但此时例外。

他知道，今天不论他怎么求，卡莉也不会让步。自豪混杂着挫败感冲击着他的心。她的鼻孔一张一合，仿佛飞蛾在抖动翅膀，她的双眼喷着怒火，一场大战蓄势待发。

天哪。

惊讶在摩斯警长的脸上停留片刻，很快又被残忍的微笑挤掉了。"英语说得不错，"他说，"我敢说，你爸妈看到你在杂货店讨价还价时，一定很欣慰。"

雅登想要跃过桌子，但卡莉抢先把胳膊用力横在他的面前："雅登，别！"她死死地盯着摩斯警长，眉毛倔强地扬着，却没再说话。

雅登退后一步，他也不知道接下来会怎样。难道她想自己上阵？恐怕不太合适——摩斯警长可不会手下留情。不过卡莉的力气也不小，当海啸碰上飓风，谁知道会引发怎样的灾难？

雅登把目光从卡莉移到爸爸身上，双脚躁动着，内心犹豫着，不知是否应该插手。

摩斯警长眯上眼睛："我猜猜，"他用食指点点下巴，"你是在这里出生的，对吧？所以你才打定主意，缠着我儿子不放？你爸妈呢？他们知道你现在在哪儿吗？是不是该给他们打个电话，说说你在干什么？或者他们更想请我开警车送你回家？"

警车？"她父母都去世了，爸爸。"雅登双手抱头，怕自己会跳过桌子，掐住爸爸的粗脖子。如果他真的这样做了，爸爸就会知道他有多在意卡莉，就会拔出枪来，以卡莉作为威胁，以防他有进一步举动，那样一切都会变得更糟。

"都怪我。"他想。他明知爸爸对移民的成见有多深，明知不该把卡莉带回家，让她身陷险境，他也不清楚为什么会请她来。这儿是他的家，是他的避难所，他从未邀请任何人来过。以前这栋房子里只有一个女孩——安布尔，可现在不一样了，这里的大门向卡莉敞开，他希望她待在这儿：有了她，这儿就不那么冷清了。

但他没想到事情会变成这样。他希望他们的初吻能让他刻骨铭心，哪怕他因此而死，至少他们还有过一个吻。在摩斯警长闯进来之前，一切都很顺利——他本以为爸爸要穿过两个小镇，去美国退伍军人协会做演讲。

此刻卡莉在想什么？

他为什么不相信自己的直觉？如果可以，他希望永远都不要让爸爸见到卡莉，不要让卡莉有今天这样的遭遇。可是他全弄砸了。

"真可惜啊，"摩斯警长假惺惺地说，"我本想请你爸妈来吃晚饭。我妻子雪莉——你见过雪莉了吗？她做的墨西哥什锦菜卷堪称一绝。我们真该好好庆祝一下，我儿子可不是每天都带女孩回家的。他约会的地方一般是在他的车里，还有废仓库什么的，那种地方更适合你。"

"你这个浑——"雅登拨开卡莉的胳膊，跳过桌子。摩斯警长一闪身，让扑过来的雅登撞在了冰箱上。摩斯警长趁机掐住雅登的喉咙，把他按在冰箱门上。

"有多少次了，雅登？"摩斯警长对雅登咆哮道，"为什么老是没完没了？为什么总要跟我作对？"

"我不是安布尔，"雅登哽咽着说，"我不会屈服的。"摩斯警长可以用语言和暴力控制自己的女儿，但拿儿子无可奈何。雅登知道，这是摩斯警长大人的心病。

一阵稀里哗啦、叮叮当当的声音响了起来。

"放开他！"卡莉说。雅登向爸爸背后看去，眼前的一幕让他心里一沉：卡莉手中抓着一把大厨刀，先是戳了戳桌面，然后指向目瞪口呆的摩斯警长。

"卡莉，不要。"雅登恳求着。他知道，哪怕卡莉拿着刀，爸爸也能轻轻松松地将她制伏，而且摩斯警长深知如何钻法律的空子，只要有这把刀在，他就能堂而皇之地加害于卡莉，高呼自己是正当防卫，大喊这姑娘是非法入室的女贼——只要对自己有利，他什么都做得出来。

在安布尔的葬礼上，他就演了一出声情并茂的好戏。

"姑娘，你是想袭警？"摩斯警长笑了，"你太小看我了。"

"我是墨西哥人，你没忘吧？我们都是宰猪的行家，警长。"她退后一步，雅登把心放宽了些。她拿着刀的手一个劲儿地抖，既然他能看见，他爸爸肯定也能看见——摩斯警长一向明察秋毫。

摩斯警长昂起头，但还是没松开雅登："动手前可得想好了。"

卡莉咬了咬牙，她眼中闪着泪光，但并没有退缩，只是眨了眨眼，把手垂低了些，说："放开他，求你了。"

摩斯雅登的心中感慨万千：她想要保护他，事情完全反过来了。"他没伤到我，"雅登说，"把刀放下。"上帝啊，求您赶快让她放下刀。

摩斯警长嗤之以鼻："有意思。卡莉，看在你这么有种的分上，我让你走。快点儿，别让门夹了脚后跟。"

卡莉又后退一步，满怀歉意地望着雅登："我……我不能把雅登留在这儿。"

雅登挣扎起来，但爸爸更加用力地扼住了他的喉咙。"放过她……"雅登费力地挤出这几个字。

"我也想，孩子。是她敬酒不吃吃罚酒。"

"你是选民投票选出来的，对吧？"卡莉轻声说，"这样的家丑会让你名誉扫地。你猜，我会跟媒体说些什么？"

摩斯警长愣住了。卡莉急中生智，找到了筹码，可谁都看得出她是在虚张声势。"你是想揭我的丑？但凡有脑子的，谁会相信你？"

摩斯警长说得对，就算有雅登做证，也没人会相信卡莉的话。即使有人信，他爸爸也能凭几十年积累下来的人际关系为自己洗白。然而，对警长来讲，卡莉的确是个大麻烦——无论这姑娘在他家出了什么事，他都会成为新闻中的焦点人物。卡莉攥着一大把饱含疑虑的种子，摩斯警长绝不敢冒险让它们生根发芽。稍有不慎，他就会身败名裂，丢掉警长的帽子。

摩斯警长面露难色，稍稍松了松手，雅登抓住了机会。"我们很愿意帮媒体一把，对吧，卡莉？"他上气不接下气地说，"你现在掏出手机，给我们父子拍张合影就成。"

雅登知道卡莉没有手机，不过他爸爸并不知道。传闻足以让摩斯警长头疼，再加上几张照片，就更说不清了。于是摩斯警长怒吼一声，猛地放开雅登，把他朝卡莉那边推了一把："滚出去，别再领那个小荡妇进门，听到没有？"

卡莉举着刀，退到厨房门口，雅登冲过去，站在她面前。两人一起向大门挪去，丝毫不敢懈怠。卡莉不住地颤抖着，几乎要把刀掉在地上。雅登知道，其实这把刀已经没用了，爸爸会放他们走的，这场闹剧结束了。

"没准儿上了车，她会用这把刀在我身上戳几个窟窿。"他想。

19

"呼,吓死我了……"我关上车门,飞快地系好安全带,将刀轻轻地放在身边。我的心怦怦乱跳,但愿雅登没发现我抖得厉害。"今晚搞砸了。"真不敢相信我说得出那样的话——不是这两句,也不是我刚刚在雅登家厨房里说的那几句。

天哪,天哪,天哪!我刚才用刀指着的人是摩斯警长,对移民成见颇深的警长!有这种父亲,雅登竟然没变成一个种族主义分子?或者说,他根本就是?

不会的。我从来没有听他说过一句过分的话。他有时很极端,很自负,但十分反对种族歧视。这样看来,我觉得他更像他的外叔公——沙克尔福德先生,至少我希望如此。

因为我知道,自己已经深深地爱上了雅登。

雅登面无表情地发动了引擎,卡车加速驶离了鹅卵石铺就的车道,猛地向右一转,飞一般地逃出了这座阴云笼罩的小区。

"你说他会不会起诉我们,会不会告诉胡里奥?"想到这里,我的心拧紧了，肾上腺素充斥着我的身体，让我坐不住。我不由自主地挤着指关节，抖起了腿。

"不会。"雅登肯定地说。他的语气如此轻松，仿佛我刚刚是在问他三明治上要不要加蛋黄酱。

他先是左转，又在停车标志牌处向右转了个弯，放缓了车速。这不是我们来时的路。"去哪儿？"我不安地搓着手，怀疑自己马上就会疯掉。

"去哪儿都行。回家吧，我送你回家。"

"他会不会跟着我们？"

他扭头看了我一眼："不会，肯定不会。他只会背着人逞威风，才不会把事情弄得满城风雨，自毁形象。"

"你……你生气了？"

他是不是被他爸爸说中了心事？他是不是后悔跟我在一起？他要是不说清楚，我真的会发疯。

他猛地踩下了刹车，把我吓了一大跳。车停在了人行道的中央。这里的业主委员会肯定会大发雷霆。

雅登突然转过脸来，我惊讶地张大了嘴巴。他平常总是那样气定神闲，似乎找到了与天地万物和谐共处的秘诀，可现在却是一副失魂落魄的样子。"生气？生你的气？开什么玩笑，我怎么会生你的气？"

"你看见了吧，我用刀指着你爸爸来着。"我怕雅登会发火，已经想好了怎样为自己辩解。

"明明是我爸爸的错，倒好像是你对不起我似的，这算什么？"他拍了拍方向盘，"该道歉的人是我，卡莉，我不该领你回家，我还以为他不在家。"

也许我真的疯了："你带我回家，是不是想，想……"我说不出口，如果他真的想……

"不是！别听他胡说八道。天哪，卡莉，抱歉，真的。"

"你为什么跟我道歉？"我问道，不，我是在冲他喊。我生起气来：假如带我回家不是有所企图，那他还有什么好抱歉的？

"为他说的那些话，因为他羞辱了你。我知道，他简直……"

"你是在替你爸爸道歉，"我好像是在引导证人陈述证词，"因为他以为我是外地人，骂了我。"

"对。"

"不是因为你吻了我？"他还说我是他女朋友，让我猝不及防。我觉得自己很无能。雅登的父亲瞧不起墨西哥人，就是瞧不起我们全家，也就是瞧不起胡里奥——我身边最勤恳、最踏实的人。我火冒三丈，却不敢让雅登开车回去，口沫四溅地痛斥他那目中无人的父亲。

我想到爸爸和妈妈还在墨西哥为糊口而奔波，比起他们住的棚屋来，我们的房车堪称奢华。我们如此卖命，只为能活得好一点儿，只为家人团聚。我们是人，但摩斯警长只把我们当成老鼠。他看我的眼神充满了鄙夷与厌恶，仿佛他儿子吻的是一具牲口的尸体。这么可恶的人，是怎样说服选民投他一票的？

我应该把他当作疯狗，无所顾忌、毫不留情地教训一顿。可是那样岂不是恰好证明我很没有教养，无异于一只头脑简单、无情无义的牲畜？到那时，他就更有理由讥讽雅登了。不，我不能动粗，不能发火，不能失去雅登。

但我更不能失去自己。再有一次，我就会让摩斯警长明白，卡莉·维格不是娇滴滴的小女孩。

就怕再也没有那样的机会了——雅登刚刚吻过我，我们俩要是确定了关系，我就得跟他爸爸和睦相处，总不能摩斯警长一开口，我就拔刀相向。

那个吻，我忘不了那个吻。我的双唇依旧火热，似乎对那个吻依依不舍。我觉得自己很无耻，一边为摩斯警长的言行愤怒不已，一边却在渴望他儿子的吻。

我是不是得了精神分裂症？

雅登靠在车门上，使劲盯着我看，仿佛不认识我似的："不是因为我吻了你？你到底想问什么？"

我也不知道，只好摆摆手，说："那个吻是认真的吗，雅登？你是不是觉得不该吻我？"我真想打开车门逃得远远的，省得一会儿更加难堪。

他讶异地张大了嘴，不解地问道："你是认真的？"

我点点头，发现自己屏住了呼吸。

他闭上眼，叹了口气："当然是认真的，我绝不会为那个吻而道歉。"话音刚落，他便把我揽入怀中，用下巴抵着我的额头，"我只是为刚才的事道歉，只要我爸爸一犯浑，准没好事。"

"你还说，我是你女朋友。"

"我是在征求你的意见。"

"骗人。"

他笑了，热气喷进了我的头发。"你发现没有，我总是让着你。我暗示你好久了，可你还是浑然不觉。你是太迟钝，还是装作没看出来？"

"我还以为你在演戏。"现在流言满天飞，他要是演得好，我们就能以情侣的名义一起出去玩了。可是如今假戏成真，我该怎么办？

"就算演戏，也是为了告诉他们，别想打你的主意。"他放开我，"等等，你是在拒绝我吗？你不想做我女朋友？"

还没等大脑指示，我的手便捧起他的脸，拉到面前，他阳刚的气息令我陶醉。"我当然是你女朋友。"说完，我便吻了他——雅登·摩斯，我的雅登·摩斯。

他很动情，但又很温柔。跟我想的不一样，他并没有趁机动手动脚，只是搂着我，小心地吻着我，仿佛我是他自出生以来便一直雕琢的珍宝。

从此，上课竟然变成了一件令人期待的事。我们手牵手去上课，雅登总要在微积分教室门口亲我一下——他没选这门课，而我则踮起脚来迎合他。我们原本以为，只要像情侣一般亲密，大家就不会再投来好奇的目光，可事实并非如此，周围人的目光总是黏在我身上。我做错了什么？现在我只是不再装模作样地拒绝我的雅登·摩斯而已。

一下课，他就来找我。看着周围同学惊愕的表情，我们开心不已。放学时，我们去多媒体中心还我借的电脑。我把东西交给古德温女士，说："我来还电脑，以后用不着了。"这感觉真棒！我决定骗胡里奥说学校的设备更新换代了，省得他怀疑那台新笔记本电脑的来历。

古德温女士有些吃惊——也许是因为我来归还电脑；也许是因为雅登·摩斯打开了我的背包，往外拿东西；也许是因为我的 T 恤和网球鞋换成了蕾丝衬衫配坡跟鞋。

她应该习惯一下。

"呃，谢谢，卡莉。"她说。

"我买了笔记本电脑。"我忍不住告诉她。

雅登与我相视而笑，生活真美好。

"怎么，车陷在泥坑里了？"

雅登哼了一声，换了挡，再次踩下油门。车轮转动起来，但车子纹丝未动。泥浆飞溅，糊住了车窗，连路旁的树林都看不到了。"才没有陷进泥坑，这样才够劲儿。"

不过，我听得出来，他不但不觉得尽兴，还有些泄气。"这条路在跟我们作对呢。"我不该说这句话，但还是没管住嘴。

他不满地白了我一眼："一点点泥巴有什么了不起的，干泥巴还能起保护作用呢。"

他把胳膊放在我的椅背上，回过头去，开始倒车，但还是没什么用。"你多久陷一次？"

"我们没有陷住，区区一个泥坑，休想难倒我的贝蒂。"

"天哪，你还给车起了名字？"

他又换了挡。我喜欢看他紧紧握住方向盘时隆起的肱二头肌，更喜欢他结实的胳膊搂着我的感觉。

"它可不止是辆车。"

"可它就是车啊。"

"我们也没有陷住。"

"可是,可是我们——"

"我们绝对,绝对没有陷住。对吧,贝蒂?"他拍了拍仪表板,猛地一踩油门,还是不行。手机在他兜里响了起来,他稍稍起身,取出手机:"喂,哥们儿?"

电话那头是一个男人,声音很模糊。"我们上路了,"雅登说,"大概十五分钟吧。"过了一会儿,他又说,"在刚过老路牌的地方,路上有个坑……对……不不,我们没有陷住……大家都到了?"他焦躁地看了我一眼,"你最好来接我们。"

他一挂电话,我就开始逗他:"要人家来接我们?看来我们是绝对……绝对陷住了。"

他翻了翻眼睛:"所谓'陷住',是说我们永远都要困在这里,但贝蒂早晚会带我们出去的。不过现在大家都到了,只差我们了,你也想早点儿去吧?"

我想早点儿去看看他那群讨厌的朋友?我甚至都不知道自己为什么去。可是我们达成了协议,只要他每天刻苦学习,好好做作业,我就去见他的朋友。我以为跟他们坐在一起吃个午饭就算了,根本没想到还得蹚着泥水到树林中去参加纨绔子弟的聚会。雅登觉得应该让"我们"的朋友了解我跟他的关系——其实那都是他的朋友,我没有朋友。

也许对我和他的朋友来讲,这次聚会是一场考验,也许雅登想看看自己有女朋友相伴时,是否也能泰然自若。不论怎样,我非去不可:他上次社会学测验得了个"A",我应当言而有信。

"你想得真周到。"

他冲我坏笑了一下："有奖励吗？"

我屈身钻进他的怀里，他紧紧地拥着我。这时，他的朋友布莱登恰好赶到。如果车窗上没有泥，布莱登就会看到车内的一幕，泥巴果然有它的用处。

待我坐回座位之后，雅登才打开车门，跟他的朋友打了个招呼。布莱登是个大块头——我猜他是橄榄球队队员。布莱登站在"小泥坑"旁边，拖着一条粗粗的铁链，上面有个大钩子。

雅登小心翼翼地爬上车顶，这样身上不免会蹭到泥巴，不过总比从几尺深的泥浆里蹚过去好。他爬到贝蒂的前车盖时，布莱登将铁链抛了过去，雅登熟练地接住，又带着铁链向前爬去。他捣鼓了半天，最后终于钻回了驾驶室。

"布莱登会把我们拉出去的。"他开心地说。

我将他胳膊上的泥抹掉，又在座位上擦了擦手。"布莱登人不错嘛。"我看着别处说。甘愿从聚会中跑来帮朋友一把的人，应该很讲义气。

雅登抓住我的手："他们都很好相处，卡莉，以后你就知道了。"

我们终于赶到了。那是树林中的一片空地，周围停着几辆皮卡，旁边还有一个大泥塘。在场的姑娘们——除了我，都穿着超级暴露的比基尼，让我尴尬不已。

"你没说要游泳啊。"我怪雅登道。

"这儿没地方给你游。"

"不是要玩泥巴摔跤吧？我真想揍你一顿。"

他抿了抿嘴："虽说八月份昨天就过完了，卡莉，可是天还很热。她们就喜欢穿成这样，没什么大不了的。"

不，对于穿着 T 恤和短裤的我来说，这绝对是件大事。我跟她们的差距已经够大了，他就不能事先让我准备一下吗？"我也可以穿泳装来。"

"我见过你穿泳装的样子，卡莉。我可不想你跟她们学坏了。"

我红着脸笑了："你是故意的？怕我丢脸？"

"我是怕有人挨揍。"他没好气地说。他这副样子真迷人。

"我还没见过雅登·摩斯为谁吃醋呢。"

"那就好好看看。"他忍不住笑起来，抱我下车。我的脚还没着地，他便接住了我，于是我落入他的怀中。

外面真的很热。

"嘿，雅登，"一位姑娘喊道，"你也该露个面了，最近去哪儿了？"

他冲我身后点了点头："嘿，珍。"他们俩似乎很熟，我是不是在吃醋？"我哪儿也没去。"

他们俩以前是不是交往过？他是不是跟在场的每位姑娘都交往过？我现在怎么能不这样想？人人都说他是个花花公子，可我不敢面对现实，从来没有向他证实过，然而我现在想弄个水落石出。

"我们去克里斯的车上弄点儿吃的，他一般都会带烤肉来，我都快饿死了。"雅登牵着我走了过去，"你喜欢吃热狗、薯条什么的，对吧？"

"在学校又吃不到别的。"我答道。

我们小心地端着一次性盘子，找了个空车斗坐了上去。大家从我们面前经过时，都跟雅登打了招呼——还有几个人竟然知道我的名字，令我惊讶不已。

"他们很快就会接纳你，"雅登轻声说道，"给他们一点儿时间。"

"这儿的女孩里，有几个是和你交往过的？"我大声问。

他愣了一会儿，咬了口热狗，苦笑着看了我一眼："别人说的不一定是真的。"

我点点头："究竟有几个？"

"没你想的那么多。"

我们都不吭声了，可我还想刨根问底下去。那群穿比基尼的姑娘正在看雅登，似乎在纳闷他为什么会跟我在一起。也许是我想的太多了？

总之，吃完东西时，我的心情很糟。

"你想不想看看卡车是怎样爬出泥坑的？"他指着前面的小山问道，山后面有各种各样的卡车在穿梭，我们要绕过泥塘才能过去。

"想。"

他跳下车，双手放在我的腰上，想抱我下去。这时，布莱登过来了，背上还背着一位金发美女。那个女孩跳下来，说："嗨，你是卡莉？我叫伊芙。"她伸出手来，我们的手别扭地握在了一起。

伊芙扭头看着雅登，说："我们应该多聚聚，星期五去看场电影怎么样？"

雅登满怀期待地看看我，不知道他想让我说什么，不过我应该有所表示："星期五我得打工。"

"噢,那星期六去海滩怎么样?"

"星期六我也不休息。"我努力表现出些许歉意。伊芙就算不打工,也有钱买漂亮衣服、做法式美甲。

"星期天呢?"她最后问道。

"卡莉很忙的,"雅登说,"算我运气好,她今天肯陪我出来。"

运气?为了今天的聚会,昨晚我向微风超市请了假。可我不能总偷懒,而且"傲公鸡"那边的工作,我更是一分钟都不想耽误。

再说我根本就不想跟他们打交道。伊芙很热情,但我不想跟任何人混得太熟,否则他们就会问我为什么如此辛苦,问我父母的事。这些问题雅登也问过,不过他们跟雅登不一样,也许明知我不愿意回答,还会不依不饶。

我根本就不该来这里。

"以后总会有时间的。"布莱登冲我大度地笑笑。我可以跟布莱登与伊芙交朋友,但又不敢冒那个险。

"但愿吧。"我迟疑地说。雅登一直盯着我看,他也有错——我告诉过他,交际并不是我的强项。

"好啦,老兄,"布莱登转头对雅登说,"我们过会儿再来找你。"

等他们离开,雅登把我拉到一辆车后面。"怎么了?"他用手背抚着我的脸颊,"还好吧?"

我赌气地推开他的手:"这样不行,雅登。"

他愣住了,连忙问:"什么不行?"

"我们这样不行。"

"怎么不行？"

"雅登，"我抱起双臂，躲开他伸过来的手，"雅登，能辞的工我都辞了，可我还是不能总陪在你身边、跟你去看周五的夜场电影、在周末去逛海滩。这样我还能算作你的女朋友吗？"

"你搞错了，"他说，"你是我的女朋友，不是他们的。我怎么会怪你不能陪他们出去玩？"他试探着往前走了一步，这次我没有躲闪。

"可是，你不想我们能像普通情侣一样，到处玩玩逛逛吗？"

"卡莉，我们第一次见面时，你还举枪指着我呢。我们这对情侣本来就不'普通'。"他揽我入怀，把下巴放在我的额头上，我没有抗拒，他心满意足地叹了口气。

"你跟以前的女朋友都做些什么，除了，除了……"

他将嘴巴埋在我的头发里，笑了："自从上高三后，我就没再交女朋友，以前我从来没有认真过。"

我伏在他胸前，咯咯地笑起来："我只是不想让你后悔，不想耽误你。"

他用手指勾起我的下巴："原来我心中有个自己都没发现的空洞，卡莉，是你填补了它，我还有什么可后悔的？"

一个吻。

20

雅登把车停在外叔公家门口，按了几声喇叭。老人随即开了门，似乎正在等他。

这是个清爽宜人的早晨，缕缕阳光穿过草坪前的橡树林，洒在地上。老人上了车，装出一副勉强的样子，嘟囔了一句："天气不错，正好出去走走。"

雅登很清楚，外叔公很高兴跟他一起吃早餐，因为老人盼着能见卡莉一面。"一会儿点什么吃？"

老人自嘲地笑笑："我有好几十年都没去过'傲公鸡'了，小子。那儿的菜谱没准儿都换了二十多次了。"

"那儿有咖啡，来一壶吧？"

"你知道那儿什么最多？"

"什么？"

"公鸡。"

雅登转了个弯："嗯？"

外叔公的眼中盈满欢乐："公鸡啊，孩子，梅伊女士简直对公鸡着了迷。"

"哈哈，是啊。"

这段路并不长，两人不住地闲聊着。外叔公再次夸了夸天气，还说他又买了好多烈酒，说那酒很难喝，但确实够劲。

"口感差得不行，"老人说，"不过喝着过瘾。"

终于到了"傲公鸡"咖啡厅，雅登让发动机轰鸣了一会儿，告诉卡莉他们到了。外叔公却对此不以为然："又不是约会，发什么暗号？"

老板把他们领到了卡莉负责的桌前，卡莉在吧台后招了招手，示意她一会儿就过去。雅登暧昧地笑笑，表示他知道了。

"啊，"老人说，"你在跟她谈恋爱，对不对？"

雅登本来没想跟外叔公谈这个，按他的想法，什么时候谈、怎样谈都应该由他自己做主。"就算是又怎样？"他故作老练地答道。

"我得提醒你，孩子，你配不上她。"

"她可未必这么想。"

外叔公摆摆手，让刚来的招待退下："呸！总这么没眼力。"

"您总说卡莉有多聪明，可她竟然肯跟我约会。您别是看走了眼吧？"等等，这是什么话？

"聪明人也有做傻事的时候。"

卡莉来了，她的长发在脑后绾成了蓬松的发髻，双颊白里透红，可爱极了。其实雅登觉得，她想不漂亮都很难。"抱歉，那边在聚会，诸位要喝点儿什么？"

雅登喜欢听她说"诸位"这个词——这是他教的："跟往常一样。"

"甜红茶对吧？外叔公呢？"

她叫他"外叔公"，而不是"沙克尔福德先生"，老人很高兴："血腥玛丽，玛丽要比血多——懂吗？"

"重口味啊，好的。"

待她转身离去，老人随即又说："算了吧，雅登，看在上帝的分上，你爸爸会怎么想？"

"您知道的，我才不在乎他怎么想。"

"我也不在乎那个浑蛋怎么想，可是你明白我的意思。你爸爸知道你们的事吗？"老人对摩斯警长一丝好感都没有，从一开始，他就反对自己的侄女嫁给德韦恩·摩斯这个恶棍。

老人知道德韦恩·摩斯是个种族主义者，正因如此，他才早早地退了休。当时雅登的父亲正在大肆迫害移民，为竞选警长一职而造势。老人觉得自己要是还不给德韦恩·摩斯让位，恐怕会遭天谴。

"可惜他知道了，"雅登说，他记起了那晚发生的事情，咬了咬牙，"他已经表示过不满了。"

外叔公攥紧拳头："他说什么了？算了，还是别说了。那头蠢驴！卡莉知道吗？"

雅登的脸变得煞白："卡莉当时在场。"

"你带她回家了？你怎么这么笨？"

"可不是嘛。"

外叔公满意地点了点头："看来你还不是无药可救。如果那个浑蛋敢动她一根毫毛——"

"有我在,不会的。"

"万一他不识好歹,我就一拳打爆他的脑袋,相信你也一样。"

"他休想碰她一下。"

"那你呢?你还想用你的脏手碰她?那些个脑袋空空的姑娘,你碰得还少吗?"

"我爱她。"雅登涨红了脸。这是他第一次大声说出心里话,他觉得如释重负。

一丝微笑慢慢地爬上外叔公的嘴角:"你没说谎。"

"老头子,你真是坏透了。"

卡莉回来了,把饮料放在两人面前。"想好吃什么了吗?要是快点儿决定,我就能赶在那桌人点餐之前给你们上菜。他们在开新娘聚会,正喝香槟呢。"她倾身上前,对雅登小声说,"这次没准儿又能赚不少。"

外叔公的眼中闪过一道光:"什么聚会?我不懂。我要培根煎蛋和肉汁饼。"

雅登没想到外叔公反应这么快,有些猝不及防:"我要煎饼。"

"香蕉焦糖班戟?"卡莉问。

"对。"管他是什么东西。

"你没吃过,对吧?"

"才不是。"

"那普通煎饼行吗?"

"行。"

她笑了："好的。"她抓起菜谱从容地离开，仿佛刚刚知晓了他心中的秘密。

"拜托，别跟她说。"雅登轻声说。

外叔公笑出声来："你不觉得她早就知道了吗？"

"不觉得，您看呢？"

"你看看你，一到周末就送她来上班。我敢说，你每晚还去那家破超市接她，对不对？"

"您在这方面是老手。"雅登甘愿接送她一辈子。

外叔公并没有理会他的揶揄："跟她在一起时，脑袋清醒着点儿。你要是做不到，就来我家干活儿，直到累得清醒了为止。"

没错，太对了。不过她真的知道了吗？假如她知道了，他该怎么办？"我是不是该直接告诉她？"他也不知道为什么要把一个老头子当作恋爱导师。

外叔公抽掉杯中的芹菜梗，喝了一大口，沉思片刻，说："不。我觉得你应该用行动告诉她，行动往往是最好的表白。"

"可是，姑娘们不都很喜欢听那三个字吗？"其实他也不敢确定，因为那三个字他从未对任何一个女孩说过。以前，他不想说，也不必说。他觉得女孩子都是头脑简单的生物，一个发饰、一支唇膏、一点点钱，就能攫取她们的芳心——如果送礼物不行，一个吻就是了。

但卡莉是个另类，她对恭维之词反感至极，对挥霍钱财恨之入骨。他只知道，接吻时她是那样无所顾忌。

身为一个男人，他真是失败透顶。

外叔公觉出了他的沮丧："小子，振作起来。我可能不了解现在的女人想要什么，但我知道女人都讨厌一蹶不振的废物。"

雅登一下子坐得笔直："我不是废物。"

"照照镜子好不好？"

"都怪您。"

"别说了，小子，她过来了。"

卡莉让雅登往里面挪挪，好让她坐在旁边。跟外叔公谈过一番之后，雅登如坐针毡。"我抢在那桌人之前把你们的单子送进厨房了，"她得意地说，"他们的账单少说也有五百块。我是该按规矩自动加收小费，还是主动一点儿？"

"就这么笑着跟他们要？"沙克尔福德先生说，"我觉得你应该至少收他们百分之三十的小费，主动一些。"

她带着谢意说道："好的。"

雅登清了清喉咙："今天还顺利吧？"

她点点头："嗯。刚才有一家人，是从阿根廷来度假的。我们用西班牙语聊了半天，感觉很亲切。"她若有所思地瞧了他一眼，似乎想家了。

雅登真希望她想念他时，脸上也能挂着这副表情。

"啊，那边要结账了，"她站起身来，"真抱歉，我也不知道今天会这么忙。"

"不要紧，"雅登赶忙说，"这是好事。"

"也对。"卡莉点头道。

用过餐后，雅登和外叔公坐在那里，等着卡莉收拾桌子。老人的建议没错，在卡莉的努力下，那桌办新娘聚会的人留下了相当于总支出百分之四十的小费。她干活儿时脸上放着光——她从没一次赚过这么多钱。

把银餐具都放好之后，卡莉可以下班了，跟沙克尔福德先生和雅登一起出了门。

"我还是打出租车吧。"老人说。

"什么？"卡莉说，"别啊，我们不是要一起去码头吗？"

老人意味深长地看着雅登："我很久都没出门转转了，现在要去办点儿事，不知什么时候能办好，你们俩先去。"

对雅登来讲，这就算是外叔公的祝福了。

他不会辜负老人的。

21

我走进家门时吓了一跳——胡里奥正坐在沙发上等我，而我还以为他今晚值夜班，麻烦了。"你去哪儿了？"他皱着眉头问。他的下巴很有型，棕色的眼睛大大的，如果他不总这么严肃，其实还是很英俊的。他像往常一样刮了脸，为我晚归而生气。

我心里一沉，雅登的车进院时，胡里奥有没有听到？"我去上班了。"

"上了一整天？"

我摇摇头："没有，下班以后，我去德斯坦·康芒斯商城洗了头发。"这是谎话，其实我是跟雅登去奥卡鲁萨码头钓鱼了。我们捉到一条小鲨鱼，本想放生，可惜没来得及，于是我把它埋在了码头附近的沙地里。

胡里奥咬住嘴唇："你不该一个人到处乱逛，太危险了。"

哈，我在大半夜骑着自行车去微风超市值夜班没问题，到德斯坦·康芒斯这样满是有钱人的地方逛逛却不行。我只能说：

"知道了。"为了缓和一下紧张的气氛，我取出围裙，把今天赚的钱交给他，钱捆上还扎了橡皮筋，方便他保管。"三百四十美元。"我冷冷地说。

他的眼睛立刻亮了："真的？"

"是啊，都归你。"除了我事先留下的二十美元私房钱，"今天好累，我的腿都快跑断了。"这倒是大实话。

他小心翼翼地接过钱，仿佛我给他的是一只雏鸟。他盯着钱，看了好久好久。我躺在沙发上，把脚搭在他的膝盖上。他往旁边挪了挪，给我让出地方。

胡里奥满脸是笑地看着我，对我鞋子上的鱼腥味毫不在意。过了一会儿，他将那沓钞票放在我的肚子上——三百四十美元的零钞还是有些分量的。"从现在开始，你赚的钱可以不用交给我了，小妹。"

我猛地坐起来，激动地问："什么？你说什么？"胡里奥的话让我欣喜不已。如果把薪水和小费都存起来，我迟早可以给自己买辆车。太棒了！"为什么？"

胡里奥抓了抓光溜溜的脸——不知他是不长胡子，还是不愿意留胡子。"你长大了，小妹，我为你骄傲。最近你帮了我不少忙，谢谢你。"

"我还是不懂。"

"因为有你帮忙，我们已经攒够了钱，可以接爸爸妈妈回来了，卡洛塔。今晚我们要跟'解放者'见一面。去洗个澡，换换衣服，我想带你去，你应该去。"

我草草地梳洗了一下，穿上了舒适的便装。现在我有些不知所措，各种感觉在我心中纠结在一起：以后可以不用拼死拼活了，这让我很轻松。不知"解放者"会说些什么，这让我有些忐忑；我跟胡里奥一起为谋生而奋力拼搏的日子结束了，这让我有点儿伤感；我们再也不用节衣缩食、挨饿受冻，这让我很高兴。还有，我的父母马上就要以非法移民的身份回来了，而雅登还被蒙在鼓里。更糟的是，他爸爸是打击偷渡的先锋人物，这让我心生愧疚。

胡里奥敲了敲我卧室的门，我回过神来。不论我的感受如何，现实就是现实。"准备好了吗，卡洛塔？我们该出发了，我叫了出租车。"

哥哥很少把钱花在打车之类的事情上，如今却这样慷慨，要么是因为目的地很远，他怕我们走得汗流浃背，要么是因为我们要迟到了。"好了。"我深吸一口气。

这台出租车很破旧，汗水味、烂樱桃味和廉价刮须水的味道混杂在一起——好像是从司机身上散发出来的。胡里奥一言不发地坐在我身边，将双手放在膝盖上，十指交叉。我也一样，只是有些头昏脑涨。

出租车出了城区，一直向前开，左拐右闪，避开 20 号高速公路行驶。再后来，我们到了一个完全陌生的地方，我有些害怕——以前我跟胡里奥在一起时，根本不知道怕为何物。

车开到一座废弃的商业设施前，透过橱窗可以看出，以前这里开着美甲沙龙、自助中餐馆之类的小店。停车坪上遍布裂口，一簇簇野草倔强地扎根其中。

我们下了车，胡里奥付车费时，用西班牙语告诉司机在原地等待。司机答应了，抽起烟来。我们找到一扇玻璃门，走了进去，门上有个模模糊糊的字母"D"。

房间里有张旧木桌，上面摆着一盏台灯，桌前有两张椅子，桌后坐着一个魁梧的男人。尽管灯光十分昏暗，我还是能看出他戴着面具。他是"解放者"，当然懂得怎样伪装自己。

我们在椅子上坐下，胡里奥将双手放在桌上，十指交叉，这个习惯不知他是什么时候养成的，我依旧将手放在膝盖上。从近处看，"解放者"的面具更加令人胆寒：那是一张小丑的脸，好像是瓷制的。我想，他也许就是要用它来震慑自己的猎物，一个个任他敲骨吸髓的猎物。

这个身着黑衣的男人比我和胡里奥加在一起还要壮，让人望而生畏。

"你们来晚了。""解放者"用西班牙语说。面具下，他的声音有些发闷。

"抱歉抱歉，"胡里奥低声下气地说，"您别介意。"

"跟来的这个丫头是谁？"

"我妹妹卡洛塔，她知道今天的事很重要。我们给您的钱里，也有她赚的。"他的话里透出一丝骄傲，但我猜"解放者"反而会觉得我们这家人很可悲。

"钱放好了？"

胡里奥点点头："放好了。"

胡里奥竟然对"小丑脸"言听计从，将那笔钱放到了某个地方？诧异之余，我还有些反胃。我把注意力放在"解放者"宽厚的手掌上，发现他左手虎口处有道伤疤。他是怎样受伤的？一幕幕可怕的场景在我脑中飞驰而过。

他受过酷刑？打过架？杀过人？不论怎样，跟这条伤疤联系在一起的，肯定都不是好事。

"我派人去拿钱了，我们等他电话吧。""解放者"说。

这大概是我生命中最漫长的十分钟。我们三人都一言不发，但沉闷的气氛说明了一切：胡里奥对"解放者"毕恭毕敬，"解放者"对我们鄙夷至极，而我则被吓得心惊胆战。

电话铃终于响起，我们都松了口气。"解放者"拿起听筒，还是不说话，只是静静地听着。过了一会儿，他放下电话，对胡里奥说："有人会护送你父母越境，海关也不会为难他们。从沙漠到奥斯汀市的这段路，由我的人来负责，剩下的事就交给你们了。"

"护照呢？"

他点了点头："他们过境时可以拿到。"

"万一被抓到怎么办？"

这个问题是我提的。我跟胡里奥一样害怕，但还是执拗地说："我们给了他那么多钱，万一事情没办成怎么办？"

"卡洛塔！"胡里奥轻声喊道。

"你妹妹够傻的，""解放者"说，"竟敢质疑我？"

"嗯，她是不聪明。"胡里奥惊恐地附和道。

"我觉得，在没有任何保证的情况下就把钱都给他，这才叫傻。"我说。胡里奥全身绷紧，双脚不安地蹭着地。

"解放者"站了起来，倾身向前。现在他的小丑面具跟我的脸只有几英寸之隔，我又感到一阵恶心。"闭——嘴！"他又扭头对胡里奥说，"让她滚出去。"

我什么都没再说，不等胡里奥开口，便站起身来出了门。

坐在出租车里等胡里奥时，我打定了主意：

首先，得马上把我父母的事告诉雅登；

其次，如果"解放者"真的是个言而无信的骗子，我就再也不会把钱交给胡里奥保管了。

22

　　雅登将细线穿过第一个易拉罐的拉环时，卡莉倒吸了一口气。"这样做好吗？"她问。他知道免不了要花上一番工夫来劝她，不过这次行动绝不能半途而废。

　　"这次的目标是帕杜副警长，没事的。"因为这位副警长很懒，因为雅登是警长的儿子。

　　"我不信。"

　　"以前我就这么干过。我保证，他顶多只会大骂几句，一个月不跟我说话。然后就没事了。"

　　"不会惹麻烦吗？"

　　"关键就在这里，他和我都不想惹麻烦，所以都不会跟别人说。明白了吧？"

　　她揉着太阳穴，叹了口气。

　　"你怎么了？"这几天她有些反常，闷闷不乐、心不在焉……让人扫兴——雅登差点儿说出口。

"我只是……有心事。"

"什么心事？"他将细线穿过第二个易拉罐拉环，系了个结，把两只易拉罐连在一起，又拿起第三个，"跟我说说。"

"是胡里奥。我觉得他把钱用错了地方。"

"你觉得？"

"情况很复杂，雅登，有些事你不知道。"

"比如说？"

她摇摇头："算了。"

"你真不会聊天。"他暗自笑了一下，知道自己又会惹她不高兴。不过她接下来说的话让他很意外，甚至有些内疚。

"等我想好了就告诉你，我保证，就这几天。"

雅登晃了晃自己的"作品"："好像很严重啊，我是不是也该一起担心？如果你以为胡里奥把钱花在我身上——"

她一拳打在他的胳膊上，可她脸上的笑意并没有融在眼神中。他警觉起来，卡莉跟往常一样，随即把话题转移到眼前的事情上："你简直疯了，帕杜怎么惹到你了？"

雅登决定顺着她，卡莉倔强得很，她要是不想说，他用尽全力也撬不开她的嘴。"他不正派。"

"怎么？"

"格拉斯觉得帕杜有问题，怀疑他收毒贩的钱，替他们免罪。"

她咬住了嘴唇，满脸疑虑："可是你们没有证据啊，而且为什么格拉斯不去举报他？"

"警察有自己的规矩，不能告发自己人，否则会遭人骂的。"

卡莉想了想，似乎还是有些犹豫："照你这么说，警察都成了邪教分子了。我可不想惹他们，你爸爸已经很讨厌我了。"

雅登耸了耸肩，他并不想回忆那晚的事，相信卡莉也一样。他真希望能安慰她说，他爸爸并不讨厌她，但事实正好相反。于是他拉回话题："没什么大不了的，真的。"

"可我觉得帕杜不会上第二次当。"

"这次不是换了个花样嘛。我上网查过，这个陷阱很巧妙，屡试不爽。"

她摆了摆手："在你看来，你的主意都是妙招。"

雅登满心欢喜地使劲摇了摇串在一起的罐子："真的，我的智商在平均水平之上，不过这次行动根本不用费脑筋。"

"我可不想坐牢。"

他用手指勾起她的下巴："绝对不会。"

帕杜副警长每天要在凌晨两点钟打个盹儿，距他休息的地方大约四百米之外有片树林，雅登和卡莉把自行车藏在了里面。在皎洁的月光下，他们避开被压扁的负鼠尸体和夜行车辆，沿着 20 号高速公路一直走。九月将尽，潮湿的空气像一张无形的网黏在他们身上。雅登觉得自己的头发都贴在了脖子后面，他怀疑卡莉是不是也跟他一样，变成了蚊虫的大餐。

六个星期前刚开学的时候，他还不认识她，没有她的那段日子，他是怎样熬过来的？如果安布尔还在世，一定也会很喜欢卡莉——说不定她俩会合起伙来捉弄他。

他们走到一个路口，地上铺满了碎石。雅登示意一下，二人便放慢了脚步。帕杜副警长总是把警车停在这儿，打着抓超速车辆的幌子睡懒觉，连车窗上的水雾都懒得擦。卡莉朝车里望了望。

"你说他会不会带搭档？"

"不会，他要贪功。"

"这个人还真讨厌。"

"可不是嘛，你的直觉比理智管用。"

她笑道："他真的睡着了？"

"睡得像死猪一样。"

在警车附近，她把背包从雅登肩上卸下，飞快地塞到他怀里："你是想摇罐子吵醒他，"她不小心踩到一根树枝，吓了一跳，"对吗？"

雅登摇摇头："不，我们有汽笛。"

他们猫着腰向前走，雅登慢慢地拉开背包的拉链，拿出那串易拉罐，蹲在警车车尾，将易拉罐串绑在排气管上。接着，他示意卡莉去身后的树林里躲好。一切就绪之后，他将拇指放在了汽笛的开关上，又狠狠地按了下去。

在月光下，他隐隐约约地看见帕杜副警长从车前座上跳了起来。他向树林奔去，轻声叫道："卡莉？"

"我在这儿，"她走到他身边，其实他们离得并不远。他们在附近的灌木丛里蹲下身，向帕杜副警长望去。警车的发动机吼了起来，雅登开心得不能自已，差点儿笑出声。

"准备好，"他说，"好戏开始了。"

没错，帕杜副警长挂好了挡，但还没等上路，后面便传来一阵巨大的噪声。帕杜副警长下了车，打开手电筒，向车尾走去。

"上！"雅登轻声喊。他们一起冲向警车，分别坐上了驾驶位和副驾驶位，雅登挂上挡后才关好车门。

"雅登，你个浑——"他听见帕杜副警长在怒吼。

不过车很快就开远了。

"天哪，天哪，天哪，"卡莉在他身边尖声叫道，"真不敢相信，我们闯大祸了！"

雅登摇下车窗，向窗外吼了几声，发泄一下激动的情绪，然后又抓住卡莉的手，给了她一个深深的吻："亲爱的，相信吧！"他打开警灯，周围的树木都被染上了一层湛蓝。

她抽回手，捂住嘴巴："天哪，停车，求你了，雅登。我不行了。"

卡莉真的很害怕，她抱着膝盖，缩成了一团，要不是系着安全带，几乎会瘫在地上，卡莉·维格平生第一次如此怯懦。雅登关掉警灯："唉，卡莉，你要是不想来，应该早点儿说。"

"我说了！我还说——"

"可是你还是来了！"他抓了抓头发，"你总是推三阻四，可每次都是第一个冲出去！"上帝啊，他在说什么？

"我知道！抱歉，拜托你停车！我不想玩了！我不能连累他们！我早就该告诉你！"

"告诉我什么？你怕连累谁？"

"我的父母，他们还活着。"

"什么？"可是，这跟偷警车有什么关系？

"雅登，你是不是开得太快了？慢点儿好不好？"

太迟了。他们身后有警灯在闪烁。

23

　　这间屋子没有窗户，也没有古怪的双面镜，只在天花板上装了一个摄像头。中间有张小桌，两只硬面折叠椅分别摆在两旁。简陋的摆设，冷冰冰的氛围，还有硬邦邦的铁椅子……一切都说明，这里不是供人享受的天堂，而是让人心惊胆战的炼狱。

　　这里令我毛骨悚然。

　　他们有意把我关在这里，让我反思自己做错了什么，失去了什么，用本该干活儿的双手扔掉了什么，他们想让我在愧疚中窒息。

　　不出所料，从雅登提议去搞恶作剧的那一刻起，我就知道，我们迟早会有这一天。我们胆大妄为，铤而走险，把一切都抛在了脑后。

　　这就是我们要付出的代价。

　　不知雅登此刻在哪儿，是像我一样被关在小黑屋里听候审讯，还是已经回到了自己舒适的卧室，坐在那张旧摇椅上，庆幸自己没有变成少年犯？我不该这样想——不论他身在何处，一定都在为我担心。

其实，我也在挂念他。

只是，他不用帮父母偷渡，不用将自己的血汗钱托付给一个戴着小丑面具、视他人的尊严为草芥的男人。雅登有个当警长的父亲，所以永远不会坐牢，而我则不同。我的心战栗不已。

我是这个世界上最傻的人。

就在我惊恐万状的时候，我最担心的事成了现实：门开了，摩斯警长大步走进来，不紧不慢地打开折叠椅，坐在我对面。"卡莉，"他凑到我跟前说，"没想到能在这儿见到你。"

我艰难地咽了下口水，想大哭一场。可我能辩解吗？就算我哭得肝肠寸断，又有谁会在意？只有疯子才会哭个不停，而我此刻还算清醒。不能在他面前哭，绝对不能。"摩斯警长。"我的声音打着战，这样可不行。

"有不开心的事？想说说吗？"

"不，我想找律师。"电视剧里都这么演，而且逮捕我的警察也说过，我有这个权利。

"不行。"

凭什么？"我……我有权利请律师。"我机械地重复着那个警察的话。

"哦，会有律师来的，不过要在经过我允许之后。"

"你不能这么霸道，"我指着头顶的摄像头，"那东西没坏吧？"

他奸笑着说："可惜啊，已经找人来修了，十分钟以前。"

愤怒如岩浆般在我体内奔涌，让我差一点儿跃过桌子。可是摄像头坏了，轻举妄动只能自讨苦吃。

摩斯警长盯着手上的婚戒，用心地摆弄着，仿佛在调查一件谋杀案的证物。"雅登是个桀骜不驯的孩子，"他笑了一下，"他小时候鬼点子就多，而且做起事来不计后果。可以这样说，他以为生活不过是一场旅行。"摩斯警长将双手拇指插进口袋，端详起我来，"你猜他现在在哪儿？"

见我不吭声，他咧了咧嘴："猜不到？那我告诉你，他在回家的路上。对他的指控都被撤销了，你有没有听过'纨绔'这个词，卡莉？举个例子，雅登就是纨绔子弟，而你，不过是布衣百姓，明白了吗？"

我的眼泪不争气地流过脸颊，这是我平生第一次觉得如此无助。如今我只能听任摩斯警长摆布，而他刚好耗光了最后一点儿同情心。

"我会特别关照你，让你多坐几年牢。等你出来，雅登早就不知有多少新欢了，但愿那时候他能抛下你这个异族的旧爱。"

"种族主义者！浑蛋！"我从咬紧的牙缝中挤出这几个字。我豁出去了，反正都要坐牢，不如说个痛快。不过，还没等再张口说话，我便看到了——以前我怎么没注意？

一条伤疤。

他手上有条伤疤。

他的虎口上有条伤疤。

一条丑恶的伤疤。

"是你，"我万念俱灰地说，"'解放者'。"

摩斯警长愣住了。

刹那间我恍然大悟。"你黑白通吃，"我几乎喊出声来，"一边做蛇头拿我们的钱，一边装英雄将我们的亲人驱逐出境！"

"卡莉——"

"你可以关我一辈子，不过，我会让全国的媒体、全国的人民，都知道你干的勾当，到时候你就别想要什么隐私了。你就算能逃过法网，也会名誉扫地，颜面无存！要么马上让我找律师，要么你就等着瞧，你个——"

"你敢说出去，我就杀光你全家，胡里奥也逃不了。"他猛地倾身过来，差点儿抓住我的胳膊，"只留你一个，让你尝尝生不如死的滋味。"

我用力闭上了嘴巴。

"很好，现在我们好好谈谈。你不生气了吧，维格小姐？"

我觉得还是沉默为妙，于是点点头。刚刚我怎么那么冲动？他不仅是警长，而且是"解放者"，而我又算什么？

"其实我并不想杀你的家人，有事我们可以商量。你可能不相信，卡莉，我并不喜欢动粗。"

"看出来了。"我的脑子飞快地转起来。商量？我们有什么好商量的？他还想从我这儿得到什么？钱都给他了，一分没剩；他控制着我的家人，也知道胡里奥住在哪儿——就算不知道，看看我的驾照就行了，我现在根本没有资格讨价还价。

答案突然跳进我的脑海，那张脸，那对唇，那个微笑……

雅登。

我心里一沉，血液都流向了脚趾。

摩斯警长点了点头："离我儿子远点儿，再也别见他，想尽一切办法疏远他，伤他的心。而且，这件事你不能跟任何人说，永远不能。而我呢，就装作什么事都没发生过。你可以好端端地出去，所有的指控都会烟消云散，你的家人也会平安到达，在这儿待一辈子。"

他说得倒是简单，可是，他的儿子是我的心上人。

"胡里奥呢？"我心痛得几乎说不出话来。

"胡里奥？你是问胡里奥会不会出事？跟你说过了，我不喜欢动粗——"

"省省吧，别绕弯子。"我觉得灵魂已然飘离，只剩下一具跟雅登耳鬓厮磨过的躯壳。

摩斯警长似乎知道自己赢了，他靠在椅背上，双手抱在脑后："我们瞒着他就是了。"

泪水喷涌而出。此时此刻，我承受着断手之痛、剜心之痛、离魄之痛，哪里还能顾忌别人怎样看我？

"一言为定。"

24

　　雅登在那间六英尺长、四英尺宽的审讯室里不安地踱着步，等他爸爸带来卡莉的消息。不论好坏，只要能让他摆脱这片令人窒息的沉寂就好。此刻，他只能听到他骂自己的声音。

　　如果他稍微理智一些，就不会逼卡莉跟他一起行动。他知道卡莉不对劲，可他没有悬崖勒马。早跟她谈谈就好了，哪怕她会气急败坏、暴跳如雷。

　　最让他内疚的是，卡莉明知他在玩火，却对他言听计从，一点儿一点儿地毁了自己的前途。他只需要等着爸爸给他洗清案底，送他回家，而卡莉却要面临指控，走上不归路。

　　雅登将额头抵在冰冷的煤砖墙上，如今所有的责任都要由她一人来扛。他早已一无所有，而她却会失去一切：学业、哥哥的关爱，还有两份至关重要的工作。在他的怂恿下，卡莉冒险赌上了自己的人生。

　　"我是个自私的浑蛋。"他想。

雅登看了看表，自从他们俩被带进警察局，已经过去了两个小时。他跟卡莉分开了两个小时，爸爸也审了卡莉两个小时。

他使劲扯着自己的头发，这时，门开了。

摩斯警长阴沉着脸走进屋，关上门。

"你把她怎么了？"雅登迫不及待地说，"要是让我知道——"

"坐下，小子。"摩斯警长轻声说——这比高声叫骂还要可怕，他谈起去世的女儿时，用的就是这副波澜不惊的腔调，"卡莉没事，至少现在没事。现在咱们俩谈谈。"

雅登坐下了。不对劲，很不对劲。

摩斯警长沉重地叹了口气，仿佛整个世界都压在他的肩上。雅登真想把他掐死，可又希望他能说些什么。"恐怕你的小女朋友有事瞒着你。"

"怎么？"

"她上次来我们家，你说她父母死了？"

"她想跟我解释来着，但没来得及。"雅登十分讨厌爸爸脸上那得意的微笑，于是说，"别以为你什么都知道。"

摩斯警长笑出声来："我当然知道，小子。你们今晚搞的恶作剧还算小事，她正在谋划协助她父母偷渡呢，这罪名可不小，她哥哥胡里奥也脱不了干系。他们俩都有麻烦了，雅登。"

雅登把脸埋进双手里，心想："这就是她想告诉我的事，她竭尽全力要做的事。"

可他把一切都搞砸了。

"爸爸，求您了，不要。"

"不要怎样？"

"我知道您可以找人帮忙，将这件事一笔勾销，放过卡莉吧。"

摩斯警长慢慢地点了点头："我当然可以。"他倾身向前，双手十指交叉，放在桌上。雅登心想，也许他平常就是这样审讯犯人的。摩斯警长现在的样子，活像一条准备出击的响尾蛇。雅登不知道那些犯人见到他这副样子，是否会立马变得服服帖帖，不知道自己是否应当跪地求饶。

他又想到了卡莉，她的心事，一桩桩，一件件，都落在了地上，铿锵作响。她的父母、胡里奥，她在咖啡厅和微风超市的工作，她的学业、奖学金——她说得对，她牺牲得太多了，她在拿自己的一切冒险。雅登吞了下口水："你想让我做什么？"

"今年要进行换届选举，可你总是给我惹麻烦。小打小闹的事我都替你遮掩过去了，可你现在交往的姑娘，正打算帮她父母偷渡。要是新闻媒体得到风声会怎样？要是正直的选民们知道了，又会怎么想？"

"你想让我不再见她。"他肯定地说，没必要再问了。

雅登觉得心如刀绞，他深陷泥沼却浑然不觉，是卡莉拉了他一把。是她，让他更加仔细地审视自己，让他了解内心的渴望。于是他明白了，他渴望内心不再空虚，渴望更加充实的生活，渴望做更好的自己。

他渴望跟她在一起。

可是，如果这段感情需要她牺牲一切才能维持，他又怎能坚持下去？

摩斯警长冷笑一下："开了个好头，小子。"

好头？他还想怎样？雅登把头搁在冷硬的桌面上："爸爸，我……我不明白，你还想让我做什么？"

"'不再见她'只是最起码的。我要你跟她断绝来往，也就是说，哪怕她在学校跟你打招呼，你也不许看她。如果让我知道你跟她眉来眼去，别怪我翻脸。"

愤怒像一把老虎钳，紧紧攥住了雅登的心。雅登慢慢抬起头："你这个浑蛋。"

"小子，等我说完了，你再发火也不迟。我要你做的事，还远不止这些。"

"说。"

"我说过，今年要选举。你荒废学业、衣着不整，这样不行。你去跟纳尔逊聊聊，求他让你回校队。白天多打打球，晚上就能睡个好觉了。哦，对了，晚上十一点后不许出门。"

"为什么？你怎么这么可恶？"

摩斯警长耸了耸肩："我管教自己的儿子，让他去校队打球，告诉他穿得体面点儿，这也叫可恶？随你怎么说。"

"你这是敲诈！那些事有什么意义？"

"我在跟你商量，那些事关乎我的形象，我劝你好好想想。"

没什么好考虑的，雅登有无数条理由跟爸爸对着干，可这次为了她，他不得不屈服。她是全郡睫毛最长的姑娘，一想到她泪盈于睫的样子，他就恨不得凿穿墙壁，马上飞到她面前。

见雅登迟迟不说话，摩斯警长误会了："你按我说的做，雅登，我就放卡莉和胡里奥一马，连案底都不留。等他们的爸妈到了，我也会睁一只眼闭一只眼。我查过了，他们有门路来这儿。

以后我也不会赶他们走,让他们一辈子待在这里。只要你听话。"

雅登站起身来,双手撑着桌面,向前倾身,俯视着坐在那里的父亲:"我只想让你明白,摩斯警长,我要做的一切,不是为了你,而是为了她。"

雅登走到门口,等人开门。

25

雨点像弹珠一样乒乒乓乓地打在房车车顶上，即便待在卧室里，我也能听到雨珠滴滴答答地从门厅天花板落下，坠入水桶。大雨接连下了两天，正好。

这几天我一有空儿就躺在床上，盯着天花板，此刻也不例外。我像一块浸满了油的海绵，根本无法吸纳前一阵子发生的事。从此我就要跟雅登形同陌路？不，我接受不了。

冰冷的眼泪像刀片一样刮过我的脸颊。

其实，我不必亲口对他讲什么，不必伤他的心，反正他那慈爱的父亲已经替我代劳了。不知摩斯警长是怎样跟他说的，总之他眼窝深陷、表情漠然，每天都对我视而不见。

那对曾经热情如火的嘴唇如今也紧紧地闭着。

我反反复复地劝自己，雅登让我无法专心读书，是审讯室中的遭遇让我如醍醐灌顶，发现此刻分手正是时候。可这些都是骗人的鬼话，不过那天我真的有所醒悟。

那天，我大彻大悟。

我发现自己的生活观念有问题，如果我真的活得自由自在，就不会刻意去证明什么。我一直为父母和胡里奥而努力拼命，却忽略了自己的感受。我已经十六岁了，却从未体会过童年的欢乐。我的童年被人夺走了，而我心有不甘。因此当雅登出现，带我像孩子一样恣意玩耍时，我便迫不及待地接纳了他，再也不想回头。

不过这一切都结束了。

结束了。

可是为什么？

我努力争取过吗？我向帕杜副警长求过情吗？我怎么能轻言放弃？

算了，这样也好。也许是我太自私，难道我不该为家人努力奋斗，不该拼尽全力接父母回来吗？就算我没享受过无忧无虑的童年，那又有什么关系？我可以用剩下的时间来补偿自己。还有什么比一家团圆更重要？

而且，天哪，我是那样想念妈妈。虽然她总是唠叨，但如果她在我身边，一定会很疼我。现在她身不由己，我不该为此而心怀怨恨。

我为什么要流泪？我什么时候变成了一个爱哭鬼？

透过雨声，我听见胡里奥在打电话，这几天他总是兴高采烈的。他觉得自己的任务完成了，受苦受累的日子结束了，可我对此深感怀疑。"解放者"真的会兑现诺言吗？他会不会利用我的家人来对付我？他是个彻头彻尾的恶人，而我曾经威胁过他，他会不会报复？他怎么会放过我？

我不该瞒着胡里奥，不该让他心无防备——在他眼中，"解放者"不啻一位救世主。这可真令人作呕。

我坐起来，用衬衫擦了擦眼泪，又走到梳妆桌前，想对着镜子找到一些自信。不巧，镜中的我恰是一副憔悴潦倒的模样，那哭肿的眼泡怎么都遮不住。我昂起头，下定决心——即使衣冠不整，蓬头垢面，我也一定要做好分内的事。

我走进起居室，胡里奥正在给妈妈打电话。他们商量着在这儿开片小菜园，还要给胡安妮塔和胡格准备一架双层床。

我不忍心扫他们的兴——胡里奥冲我灿烂地笑了一下，告诉妈妈我正在攒钱买车，以后开车去杂货店就方便了。我闭紧了嘴巴。

胡里奥挂断了电话。我不忍心扫他的兴："爸妈还好吧？"

"他们可高兴了，把不能带来的东西都卖掉了，还在让胡格和胡安妮塔习惯吃汉堡一类的东西。"

不好。他们都深信不疑，满怀憧憬，这让我更加难以开口，可是他们应该知道真相。"我知道'解放者'的真实身份，胡里奥，他是个坏人，你不能相信他。"他的妹妹本想委婉地循序渐进，然而一张嘴便切中要害，直奔主题。

我知道自己在做什么。

胡里奥气呼呼地说："那晚你对'解放者'那样无礼，我都没有骂你。其实当时我对你很失望，只是气得说不出话来。卡洛塔，你会把这件事搞砸的。"

他到底有没有听见我的话？我也不知道自己刚刚讲的是英

语还是西班牙语，不过他一定能听懂。"我在向你揭露真相，而你却只顾着巴结那个'解放者'。"

"别乱说，卡洛塔，懂点儿礼貌。"

我欲言又止，因为我不想冒犯哥哥——他才是这件事的牺牲品。他本可以为自己而活，建立自己的家庭，却义无反顾地担起重任，为接父母回来而废寝忘食地打工赚钱，一闲下来还得照顾他不懂事的妹妹。他的确值得我敬重。

然而他也应当尊重我。

摩斯警长让我守口如瓶，但我不得不道出实情，跟胡里奥讲我的遭遇，告诉他我失去了什么。其实，已然淡出我生活的那个人，才是我心中倾诉的对象。现在找胡里奥谈心，只是不得已而为之。我爱我哥哥，他是我的亲人，可他太完美，比我优秀无数倍，不该为我担心、受我连累。虽然他正在用冷漠驳斥我，但他一直都是我的依靠。我们俩应当相互信任、相互支持。

这些他不懂。

我想让他知道的，并不是这场祸事的起源，而是我的发现。我要告诉他，摩斯警长跟"解放者"是一个人，这个人可以堂而皇之地折磨我们。

哥哥是不会走漏风声的——说起保守秘密，没有人比铁公鸡胡里奥·维格更在行。"胡里奥，我有事跟你说。你能不能先坐下，好好听我讲？"

他有些好奇，又为训斥过我而感到抱歉，不过这份愧意马上就会烟消云散。他冲我微笑了一下，他可以告诉妈妈，他是如何攒够钱、如何把妹妹拉扯长大的，他一定无比自豪。我第一次看到胡里奥如此逍遥安逸，如此……自由自在。

我到底该不该讲？

一定要讲。

"先喝杯咖啡怎么样？"他去了厨房。咖啡刚刚煮好，喷香扑鼻，但我不想接受胡里奥的同情，哪怕只是一点点。

咖啡从咖啡机里喷涌而出，泻入壶中，我们谁都没说话。胡里奥先认认真真地给自己倒了一杯，什么都没放，因为他崇尚简约的生活。他啜了一口，又咂咂嘴，仿佛杯中盛的是意大利顶级名品。

前一阵，有家杂货店打折，于是我们跑了老远去买了一大包咖啡。

胡里奥把咖啡端回起居室，坐在我旁边，我正紧张地缩在沙发的角落里。"你想跟我说什么，卡洛塔？你的笔记本电脑吗？那上面没有学校的标签，我早发现了，不过没关系，那是你应得的。"胡里奥双手在杯子上擦了擦，"可是我觉得你应该先问问我，那东西不便宜，如果我们恰好要买日用品怎么办？"

"我知道，对不起。"我该接着忏悔自己还有什么秘密，但重要的事应当先说，"'解放者'就是摩斯警长。"

胡里奥眨了眨眼："什么？你说什么？"

"霍林郡的摩斯警长，那个把爸妈驱逐出境的警官，就是'解放者'。"

胡里奥猛地将杯子放在我们面前简陋的茶几上，咖啡四处飞溅："你可不能乱说啊，卡洛塔，你有什么凭据？要是让'解放者'知道——"

"我跟他谈过。"我说。天哪，这个话题如此敏感，而我却直来直去，一点儿聊天技巧都没用。"如果我按他说的做，爸妈就能平安到家。"

"不不不，跟他谈的人是我，"胡里奥反驳道，"如果那之后你又去找过他，这事就泡汤了。"他的眉毛拧到了一起。他那踏实、自由的心情转瞬即逝，我打心底为之惋惜。然而我的话只说了一半——虽然他有享受自由的权利。

一时间，我哑口无言，因为他说得对。

为了一个男孩子，我弄砸的事何止这一件？但雅登不只是个男孩子，他是我失去的另一半。没有他，我失魂落魄，成了一具毫无生气的木偶。

我再也无法回归正常的生活了。

"我不是故意去找他的，只是……我在谈恋爱。"

"你在谈恋爱，卡洛塔？你在背着我谈恋爱？"他愈发生气，双手也挥舞得越来越快。这让我很气愤：他又不是我爸爸，我没必要事事都等他点头，现在事态有些失控。

"跟谁谈？"

我咽了下口水，躲避着他的目光说："摩斯警长的儿子。"

胡里奥不吭声了，他好像一头准备出击的公牛，胸腔在剧烈地起伏，但我竟然听不到他的呼吸声。"告诉我，全都告诉我，马上！"

于是我把整件事原原本本、毫无保留地告诉了他——除了我跟雅登接吻。那是深埋在我心中的珍宝，我不想让胡里奥的偏见玷污我生命中最美好的时刻。

我们初见面时，雅登迫不得已，伪装成了劫匪；我在"傲公鸡"的工作是雅登帮忙联系的——不知为什么，我在极力替雅登说着好话。

其实，不管我说什么，胡里奥都会对雅登恨之入骨。不为别的，只因为他是摩斯警长的儿子——还是我的男朋友。

我告诉哥哥：我跟雅登经常晚上出去搞恶作剧——我用"恶作剧"这个词，是因为在偷警车之前，我们闹出的动静并不大，就算被人捉住了，也顶多会挨两巴掌。为了能玩得尽兴，我少上了几天夜班；还有，那天我们做了傻事，被带进了警察局，从而让我发现了摩斯警长的秘密。

我还说，我跟摩斯警长在审讯室里达成了协议，那间审讯室里唯一的一个摄像头出了故障。

胡里奥只是静静地听着，我把心里话都倒了出来，只等他暴跳如雷。紧张的气氛在房间里蔓延开来，倘若这里有一架热能雷达，说不定能探测到室内不断积累的怒气。

"胡里奥，"至少过了五分钟，我又缓缓说道，"我们不能相信摩斯警长。"胡里奥只享受了几天自由的空气，如今我却又给他戴上了沉重的枷锁。

可是这些话我不能不说，我激起了摩斯警长心中邪恶的敌意，他肯定不会善罢甘休，而我们根本不是他的对手。

"可我们没有别的办法啊，卡洛塔。"胡里奥终于万念俱灰地开了口。

"我们可以接着给爸妈汇钱啊，一美元就能在墨西哥买很多东西。他们现在的日子也不差——其实比我们强。我们可以每个月汇一次，不然就——"

胡里奥睁大眼睛，怒道："那是我们的父母，卡洛塔·贾斯敏·维格，一家人就应该待在一起。"

"别冲我吼，胡里奥。我知道你很生气，我很抱歉，真的。可是我们得想想别的法子，不能再指望'解放者'了。"

"可是我们都商量好了，钱也交了，我们已经把事情托付给他了。"他直起身来，凝视着我，"我觉得他比你可靠得多。"

没想到他会说出这样伤人的话，没想到这场谈话会进行得这样艰难。他根本不听我劝，只是一味地责怪我。在他心里，"解放者"是个圣人，而我却屡屡让圣人为难。我也从那个勤恳乖巧的小妹变成了最为人所不齿的垃圾——这些都写在他的脸上。我站起身来，回到卧室。到了这个地步，我们已经没什么好谈的了。

"胡里奥，我撑不住了，"我轻声说，"要是'解放者'——摩斯警长，为难我们，我真的帮不上忙。"

胡里奥咬了咬牙："你以为我需要你帮忙？看看你做的事，看看你帮的忙。到了该你改正错误的时候，你倒想逃了？"

眼泪滑过我的脸颊："我从一开始就错了！我干吗要那么拼命地干活儿！胡里奥，爸妈有过机会，可他们没有抓住。他们要是想回美国，就该自己想想办法，我们不应该做他们的长期饭票！"宣泄过之后，我猛地闭上了嘴巴——我真的大声说出来了？

"饭票？是雅登教你这么说的吧？"

不是，这些都是我的心里话。雅登教我的，是如何享受生活的乐趣。生活不能没有乐趣，不过这些话不能跟胡里奥说，因为他还没发现，我们已经沦为了生活的奴隶。在我们为接父母回家而当牛做马的时候，欢乐的时光早已一去不回头了。

然而，生活的乐趣比起家人来，什么更为重要？显然是后者。而我是否已经为他们全力以赴？我不敢回答。但享受乐趣并没有错，跟雅登在一起也不是错，对不对？

刹那间，我不知所措，觉得自己很陌生。

"被遣送回去，是他们自己的错，"我告诉胡里奥，"是他们太大意了，天底下都是父母照顾孩子，哪有反过来的道理！"事实如此，不过话说出来太难听。

是我背叛了家人，还是他们背弃了我？

胡里奥慢慢地摇了摇头："我没有你这个妹妹！你滚出去，收拾东西滚出去！以后这儿不是你的家！"

没想到事情会变成这样。

"胡里奥，求你听我一句吧。"

"我听够了，听烦了。明天别让我再看见你。"

26

　　雅登调了调望远镜，想好好看看猎户座。晴朗的夜空中星光点点，让人忍不住要观赏一番。猎户座是他最喜欢的星座之一，因为那是他自己找到的第一个星座——以往他都要靠安布尔帮忙。焦距快对好时，电话响了，从铃声听来，是沙克尔福德外叔公。

　　"我天亮就去，老头子，"雅登调整着镜头，"我还没忘了你呢。"

　　"你真会说话，小子。我找你是为了卡莉的事。"

　　这个名字如同闪电一般击中了他的心，他一直都想忘掉它，磨去它在心上烙下的印记。然而，再次听到这两个字时，他的心还是狂跳不止。"卡莉怎么了？她还好吗？"

　　"她把你们俩干的好事都告诉胡里奥了，被赶出了门，到我家来了。"

　　雅登把额头抵在望远镜上。胡里奥把她赶出去了，那个傻瓜。她还是个十六岁的高中生，就那么努力地学习、工作，而她哥哥居然如此冷酷无情。"这怪谁？"他问自己。倘若没有他，这一切都不会发生。"她在你家？那我就不去了。我爸爸说过，要是发现我们俩还有联系，她家就得遭殃。"

"我知道。所以我给你打电话，告诉你周末不用来了，有什么活儿卡莉会干的。在她找到安身的地方之前，你都别来，雅登。最好别让你爸爸看见你们在一起。你说呢？"

雅登冲听筒点了点头，没错，可他不想这样。他想抛下所有，飞奔到她身边，揽她入怀，吻着她，向她道歉，祈求她的原谅。跟她在学校里擦肩而过时，他觉得就连生而为人的快乐都渐渐远去了。

"告诉她……跟她说……"

"没什么好说的，孩子，"外叔公温柔地说，"不管说什么，你们俩都不好受，对吧？"

雅登叹道："是啊。"

"她不愿意在我这儿白住，要给我房租，但我没答应。她得攒钱租房子、买车，我让她开我的皮卡去上班，大晚上骑自行车总归不安全，"老人顿了顿，又说，"她要给我做早餐、洗衣服、干家务。我不忍心，这姑娘已经受了好多苦了。"

"您最好顺着她，"雅登说，"她不愿意受人施舍。"

"我早就知道，她有骨气。"

"不管别人怎么说，外叔公，您是个好人。"

"你这淘气鬼也是我心尖上的宝贝。好了，我要挂了，想要什么就给我打电话。"

他只想去外叔公家，帮老人洗洗衣服，每天早晨煎几份培根鸡蛋。不过他只是说："好的。"

雅登听到了爸爸上楼的声音："我也挂了，暴君回来了。"

"好，以后再聊。"

雅登刚挂上电话，摩斯警长便推开他卧室的门，走进房间，翻了翻衣橱，查了查床底下，看儿子有没有违抗他的命令。其实这间屋子根本藏不下人，但摩斯警长还是检查得很仔细。

"您忘记自己在哪儿了吧，摩斯警长大人？"雅登一边拧着望远镜上的旋钮，一边拉长调子说，"那边的饭盒你也该看看。"

摩斯警长上前几步："你刚才在和谁打电话？"

"沙克尔福德外叔公。"

摩斯警长伸出双手："给我看看。"

雅登顺从地把手机递了过去——反正现在他没什么好隐瞒的。

摩斯警长翻了翻通话记录："你们说什么了？"

雅登耸耸肩："明天我不用过去了，他打电话告诉我一声。"

"正好，从这个周六开始，你回校橄榄球队训练。我跟纳尔逊教练说过了，你跟以前一样，还当四分卫。"

雅登突然站起身，摇椅猛地晃动了几下："我说过，等准备好了，会自己跟他谈。"

"我觉得你该准备好了。你也知道，我做什么都不费吹灰之力。只打一个电话，你就能回校队；只打一个电话，那丫头的父母就——"

"好，好，"雅登双手抱肘，"我回队里去。还要我做什么，警长大人？"

摩斯警长点了点头，露出一丝笑容："周末我们去逛街，买几件体面、顺眼的衣服。今年要选举了，你也该注意一下自己的形象。还有，等安布尔的忌日到了，我们去祭拜一下。"

"你——"

摩斯警长啧啧两声，又说道："小子，你记着，各人有各人表达哀悼的方式。"

"你这也算是辩解？"

摩斯警长双臂交叉，抱在胸前："你以为我不想念安布尔？"

"我知道，她去世那天，你总算松了一口气。"雅登恶狠狠地说。他知道，重提旧事很可能会激怒父亲，但这块心病已经溃烂生脓，不剜掉不行。"她是你的女儿，她病了，会影响你的竞选大业。安布尔在你眼里还不如一支球队——至少你支持的球队输掉比赛时，你真的会难过。可她是无辜的，全都是你的错。是你害死了她，这跟你亲手把药片塞进她嘴里有什么两样?!"

一双有力的大手掐住了雅登的脖子："闭嘴，小子。你是不是忘了，有多少次，你闯下大祸，我帮你擦屁股？还有你女朋友，你是不是想让我把她的家人赶走，再把她扔进监狱？不想的话，就给我闭嘴！"

雅登用格拉斯副警长教给他的招式挣脱了，跟摩斯警长对视着。其实，他跟爸爸一样高、一样壮。"总有一天，你会追悔莫及，"雅登低声说，"总有一天，你的美梦会变成尖利的碎片，割得你遍体鳞伤；总有一天，你会遭到报应——但愿我能亲眼看到！"

摩斯警长愣了一下，退后一步。他仍旧怒容满面，但语气缓和多了："你还记得我当副警长的时候吗？每天晚上回家时，我都会打开警灯给你和安布尔看。每次你都告诉我，你长大后要做跟我一样的人，你还记得吗？"

回望当时，恍若隔世，但雅登并没有忘记："那时我才五岁，每个五岁大的小孩都把自己的爸爸当作偶像。"

摩斯警长摇摇头："你上六年级时，有十一二岁吧，要我去学校参加亲子互动日的活动，那时你还很崇拜我呢。"他挺了挺身体，把拇指插进口袋，"我一直在想，是什么让我们变得如此疏远？是安布尔吗？你真以为是我害死了她？还是以前我做错了什么？"

雅登的眼中盈满了泪水："出去，马上。"

"至于安布尔的事，如果责怪谁能让你好受一点儿，那你就怪我吧，雅登。我是为了你好，一直都是。"

"我让你出去！"

摩斯警长走到门口，又转过身："你姐姐有很多朋友，到时他们都会来，我不能赶他们走。"

安布尔根本没什么朋友——摩斯警长不许女儿跟别人交往，以防流言蔓延。在他的家里、在他的辖区内、在他的任期中，他绝对不许任何有损形象的事情发生。他所谓的祭拜，只是为了博取选民的同情罢了。

"各人有各人表达哀悼的方式？"狡辩。

不是吗？

27

我拆开盒子，目不转睛地盯着新手机。倒不是因为没见过——雅登的手机我用过几回，但那时我做梦都想不到，我也能有自己的手机。

我有了自己的手机号，而且动动指尖就能上网。

这是我赚来的，是我打两份工赚来的。

我想给妈妈打电话，把我的手机号告诉她，但被扫地出门毕竟很丢脸，胡里奥肯定都告诉她了。倘若我再打电话过去，还得为自己解释一番。我琢磨了许久，愈发觉得编好的说辞既没有感染力，也没有说服力。也许用亲情来打动妈妈更好，也许。

最后我拨打了唯一一个可以拨的号码，对方也是唯一一个不想跟我说话的人——胡里奥没有接。

五点多了，说不定他正在餐厅里打工。他不许我往餐厅打电话找他，因为这样会显得他很懒散。我觉得胡里奥是那儿最称职的员工，大家对他的印象都不错，并不会介意他接个电话。

我还是怀着侥幸心理，拨通了餐厅的电话。

两分钟以后，他接了。"还好吗？"我自然地说。

"还好。"

"我把我的电话号码告诉你，有事给我打电话。"

"就不能等我回家再说吗？"

"我只是想把号码告诉你，是手机号，你那儿有纸笔吗？"

"哈，我明白了，你有手机了，想跟我炫耀炫耀。好吧，恭喜你，卡洛塔。"

我早就知道他会不满，他完全有这个权利——我的确是在得意扬扬地炫耀，不过手机的用处不止于此："我不能跟你断绝联系，毕竟你还是我哥哥。"

"你就不能用那个白人老头儿家的电话吗？做他们家的用人连电话都不能打？"

"我不是用人，胡里奥，我是他的客人。你还记得吧，是我哥哥把我踢出家门的。"我做出了有力的反击。

一阵沉默。我知道他正在为赶我出门而懊恼不已，在他心里，阖家团圆才是最重要的。不论我有多可恶，他的做法都已经与他的信条背道而驰。他一定在为如何向邻居、朋友解释我的去向而大伤脑筋。

"你想怎么样，卡洛塔？我上班呢！"

"我只是想把手机号告诉你，让你能找到我。"

电话里传来了窸窸窣窣的声音。"好了，说吧。"

我先告诉他号码，又说："如果我没接，你可以留语音信息，我——"

“知道了，还有事吗？”

“没有了。”

“那我去干活儿了，卡洛塔，再见。”

“再见。”

我挂掉电话，把手机扔到我的床上。说它是“我的床”并不确切，因为我的床在我们兄妹俩租用的房车里。这张床以前的主人，是沙克尔福德先生的侄女——雅登的妈妈，这间房是她来消夏时住的。房内的摆设极为奢华，铜床上铺着华丽的丝绸被褥，只是白色蕾丝边都已被岁月染黄。窗边还有一个小书架，她当时住在这间脱胎于魔法世界的小房间里，玩着洋娃娃，喝着柠檬水，吃着小饼干，不知有多么惬意，也许当时整栋别墅都回荡着她清脆的笑声。

我走下仆人专用的楼梯——那是通往厨房的捷径。既然沙克尔福德先生不收我房租，我就该洗洗衣服、做做饭，以示报答。冰柜里堆满了速冻食品，我虽然不是内行，但也能看出老先生不会做饭。我想先做酱汁，于是先翻了翻厨架，又在庞大的储物柜里找到了各种香料——多亏我背下了梅伊女士的菜谱。

熬酱汁时，我听见有人打了个哈欠。沙克尔福德先生睡在舞厅里，他到厨房来时，一路上总要嘟嘟囔囔、长吁短叹。酱汁熬好后，我便开始烧水煮意面。上个周末从“傲公鸡”下班后，我顺路去了趟杂货店，替老人家买了鲜面包，帮他吸吸体内的酒精，他总是醉醺醺的，连路都走不稳。有时我搀着他来用餐，有时他根本起不来，我得把饭菜送到舞厅里去。

不过他再也不开车了，他听了我的话，要么派我去跑腿，要么让我给他当司机。我也听他的，开他的卡车去上班——他总是不放心我骑自行车。

被人欣赏、被人需要，有人照顾、有人关心——这样的感觉真好。不知胡里奥照料我时，是否也有这种成就感，也许我根本就不是他的负担，只是他的家人。在胡里奥心中，家人绝不是负担。

我们家族的人也许都像胡里奥这样勤勤恳恳、兢兢业业——尽管我也不愿意相信这一点。我在墨西哥有几位素未谋面的外叔公，他们会像沙克尔福德先生一样对我这么好吗？

也许吧，亲情的羁绊是怎样都割不断的。

"沙克尔福德先生！外叔公！"我大声喊。他说，住在这儿可以不必讲究礼节，因为他妻子在世时，他已经"被管成了木头人"，现在只想让那些繁文缛节"见鬼去"。他还说我脚步太轻，每次神不知鬼不觉地出现，都能把刚睡醒的他吓个半死。"有时我都忘了这儿还有个客人。"他说。

我摆好桌子，给沙克尔福德先生倒了杯冰红茶。我在咖啡厅里学会了怎样做柠檬水，于是又给他掺了些柠檬水。他总是假装嫌这样的饮料不够劲，不过我知道这味道让他欲罢不能。"沙克尔福德先生！"没听见脚步声，我又喊了一声，"饭做好了！"

我坐下来，把餐巾铺在腿上。如果只是我一人吃饭，当然不用这样麻烦，不过在老人家面前，基本礼节还是要遵守的。五分钟之后，我盘中的意面结成了一团，也不再冒热气，他还是没有出现，于是我想去看看。我穿上拖鞋，向舞厅走去。门微微开着，这说明他正在等我叫他用餐，我不禁笑了。

我们已经如此默契了。

我推开了门，地板昨天刚擦过，散发着薰衣草的香味。我看见了沙克尔福德先生探出沙发的双脚——他似乎还在睡觉。

我走到他身旁，弯下腰，想看看他睡熟了没有。最近他跟雅登一样，总失眠，要是他白天打盹儿，晚上就睡不好了。如果他真的睡着了，我就在去值夜班前把他的饭食端过来，如果他只是半睡半醒，那我就叫他起来，一起吃饭。

"外叔公。"我轻声喊道，摇了摇他。

这时我才发现，他已经停止了呼吸。

28

雅登捧起长椅上的水罐，痛饮了一番。这个星期天他训练了至少三个小时，纳尔逊教练希望他能在下次出赛时恢复巅峰状态。雅登不得不承认，回来打球的感觉并没有他想的那样糟。他白天累得筋疲力尽，晚上反倒睡得很香甜，只是经常会在凌晨时分梦到卡莉。而且打球还能缓解一下百无聊赖的感觉——尽管他的双手渴望抱着的是卡莉，而不是坚硬的橄榄球。

他跟卡莉的缘分不会就这么断了，绝对不会。在学校走廊里，他装作若无其事的样子，不去在人群中寻找卡莉小巧玲珑的背影。下课时，他假装没有看到她迷人的曲线。有时她换了新衣服、新发型，他只能视而不见。有男生跟她搭讪时，他只好拼命抑制着想揍那人一顿的冲动。

他要让全世界都相信，他已经忘记了卡莉·维格，他们的恋情已经结束了。不过他的心知道，他们两人的罗曼史没有终章。

他不能，也不会放弃她。

所以他求外叔公把卡莉的情况一五一十地告诉他，如果老人没弄错，现在卡莉跟他一样痛苦。然而她还是高昂着头，默默地、胸有成竹地将他推到了疯狂的边缘。她不看他，也不跟他说话，哪怕周围没人时，她也没悄悄地冲他笑过一下。有一次她在走廊里撞了他，他刚想趁机跟她亲近一小会儿，她便像被闪电击中一样躲远了。

不过外叔公说，她经常在旁边听他们打电话，有时听到他的名字，她一连几个小时都会闷闷不乐。周五她上夜班之前，总把收音机调到地方台，听橄榄球赛直播。

雅登和外叔公有个想法：卡莉的父母一到，就帮他们办移民手续，让他们该上课的时候上课，该宣誓的时候宣誓，变成真正的美国公民。沙克尔福德毕竟是上一任警长，人脉还在。到那时，摩斯警长就拿他们没办法了，卡莉也不用再惧怕他的威胁，她的全家都将成为合法公民，她也可以跟雅登名正言顺地在一起了。

卡莉将父母偷渡的事原原本本地告诉了沙克尔福德先生，昨晚卡莉说她的家人已经在一天前启程了。

该开始行动了。

到时摩斯警长也无可奈何。

对吧？给他们合法身份能有多难？

这个计划很直接、很简单，不需要钩心斗角，不需要周密策划。雅登逼自己相信他们最终一定会成功，相信世界不会那样无情，让他和心上人永远分离，令他痛苦一辈子。

现在，他在考虑今晚如何从安布尔的悼念仪式上脱身。往年雅登总是第一个到场，而今年警长却要让她的墓地变成众人围观的舞台，把本该情真意切的哀悼变成一场演出。雅登根本就不想去，他知道安布尔会理解的。

放在健身包里的手机响起来，打断了他的思绪。是一个陌生号码："你好？"

"雅登，对不起，我只能求你帮忙。"

卡莉。她亲切而又悦耳的声音让他战栗了一下，不过……她好像很慌张，恐惧在他的心中蔓延。她受伤了？他知道爸爸威胁过卡莉，不许她接近自己，外叔公把一切都告诉他了。她绝不会拿家人来冒险，可现在竟然给他打电话——要么是心血来潮，要么是出了大事。"还好吧？怎么了？"

"是沙克尔福德外叔公，他没有呼吸了。我叫了救护车，医生要把他送到 98 号公路上的圣心医院去，我正跟着呢。"

他没有呼吸了，天哪！"我马上就去。"

雅登闯进急诊室的自动门，差点儿撞到人。这儿很拥挤，卡莉正孤零零地站在角落里。

他挤到她身边，抓起她的手，这双冰凉的手微微颤抖着，不过他还是为之痴迷。"医生怎么说？"他问，极力抑制着拥她入怀的冲动。

她摇摇头："进去有一会儿了，医生好像觉得情况紧急，决定先抢救他。"

雅登环顾四周：这儿有绑着绷带的孩子、眼睛青肿的女子、患了流感的男人，还有啼哭不止的婴儿。"他会好起来的。"话一出口，雅登自己都觉得没有底气，卡莉似乎也不信。"老头子坚强着呢。"不仅坚强，而且顽固，不过坚韧未必能战胜一切，他深有体会。

"不知他会怎样，"她双手抱肩，低声说。今天她梳了一条粗粗的发辫，鬓边留下几缕发丝，衬托着她的脸庞。她满眼泪水："他昨晚还好好的。"

卡莉的泪水流过脸颊，汇成了一条盛满忧愁的小溪，将雅登的理智冲刷殆尽，让美好的回忆再次浮现。他不再违逆心中的渴望，一把抓住她的手腕，将她拉进怀中。她大吃一惊，挣扎起来。她的反抗无力但又坚决，令他终生难忘。他凝视着她的眼睛，想说"有我在你不用怕"，却恳切地轻声道："我需要你，我离不开你。"

迟疑与痛苦一齐向她袭来，不过雅登发觉她放弃了抵抗。卡莉就是有这种气魄，在关键时刻从不拖泥带水。她把头贴在他的胸口上，她终于回到了他的怀中，他几乎要为此跪地感谢上帝，同时又愈发憎恶他的父亲："你还……还好吧？"

她抬起头来，与他对视，她的嘴唇如此娇艳动人："我很担心他。"

他亲吻着她的头发，叹道："我也是。"

"我……我总躲着你的缘由，我跟沙克尔福德先生说过，但愿他告诉你了。我的家人……"她说不下去了。

他抬起头，忍不住用手指抚摸她的脸颊，沾起一颗刚刚滴落的泪珠，放到唇边，品了品它咸涩的味道："你不用跟我解释。"

"不行，不说我会发疯，我不该瞒着你。如果你想开始新生活，我也能理解。"

"开始新生活？"她在说什么？

"我看见你跟别的女孩说话了，她好像叫杰西卡吧。"

"你看见我跟别人说话，就以为我想甩掉你？你是不是疯了？我还见你和查德·布里斯本聊得热火朝天呢，我该怎么想？"他十分紧张：外叔公进了医院，而卡莉又要离他而去？生活怎么会这样残忍？他暗暗骂了一句。"外叔公有没有跟你说，我为什么不理你？"

她叹了口气："说了，你做到了。"

"我只是做做样子，卡莉。杰西卡——你是不是在开玩笑？她算什么？卡莉，告诉我你不会离开我，告诉我你不会放弃这段感情。我还没有放弃，我仍然是你的——我的一切，我的每一天、每一秒，都属于你。"他想看她点头，想让她做出同样的承诺，想听她说她也在受煎熬，想亲吻她永远洋溢着知性气质的脸。

"可你当我不存在一样，我看见了，你总往别的姑娘身上瞄。"

他抓了抓头发，她又绕回来了，唉。"我看的是东西，不是人。我看这个，看那个，就是不敢看你。"话说到这里，绝对不能前功尽弃。他从来都没正眼瞧过其他姑娘，只是盯着她们身后的景物看，他的眼中只有她。他再次抱住她，她又想挣脱，但他的话没说完，无论如何也不会放她走。随她吵，随她闹，他决不退缩——至少现在不会。"我爱你，卡莉。"

听到这句话，卡莉的拳头停在了半空中。他抚过她的嘴唇，手指被这句话坠得颤抖不已。她终于明白，这是他的肺腑之言。

"真的？"她睁大眼睛问道。

雅登点点头，深吸了一口气："你竟然不知道？"

她偎在他身上，双臂环住了他的腰。他觉得自己身处乐土，享受着天赐之福。"如果不是为了我的家人，我也不会躲着你。"她小声说。

"我也一样，外叔公告诉你没有？我爸爸拿你的父母来威胁我，他说要把他们再赶回去。"

她把脸埋进他的胸口："我知道。"

"要不是这样，我就让他——"

"如果我是你，就不会再接着说下去。"两人循声望去，是摩斯警长，正用满面的冷漠来遮掩心中的怒火。

宽敞的房间似乎一下子变小了，看到爸爸此时出现在这里，雅登几乎要窒息。他会说什么？会做什么？这儿有这么多人，想必摩斯警长并不会轻举妄动。"放开维格小姐，儿子。维格小姐，你可以走了。"

卡莉像被烫着似的，抽身后退，雅登几近绝望。"我……是我叫的救护车，"卡莉说，看得出她在瑟瑟发抖，"我怕外……沙克尔福德先生有什么不好。"

摩斯警长丝毫不为所动，看都没看她，盯着雅登说："我说你可以走了，维格小姐，马上。"

她咬了咬嘴唇："如果您允许，先生，我想留下来等沙克尔福德先生的消息。"

摩斯警长终于向她看去，目光又冷又硬："替我向你哥哥问好。"

卡莉拉下脸来，匆忙拿起手袋离开了，她踏出的每一步都在雅登的脑海中轰然作响。

摩斯警长把目光移回到雅登身上，霸气地向前迈了三步，随后又缓和了脸色："儿子，你外叔公怎么样了？我一接到你妈妈的电话就赶过来了，她一会儿就到。"

雅登知道妈妈根本没有打电话。沙克尔福德是警长妻子的叔叔，如果有人为他打急救电话，消息不出十秒钟就会通过监督系统传入警长耳中。

雅登觉得自己真是太傻了：刚才一看见卡莉，就应该让她离开。他不该沉醉在她的温存中，不该置她的家人于险境。他早该想到爸爸会来，即使摩斯警长不喜欢沙克尔福德外叔公，也会来医院装装样子，何况今天是安布尔的忌日。一会儿摩斯警长就会顺便去看看病人，演讲一番，说他女儿就是几年前的此时去世的，他有多么思念她，把这里的人感动得一塌糊涂。

现在摩斯警长扮起了模范父亲，雅登却不吃这一套。他想待在这里了解外叔公的病情，但又讨厌处于爸爸的监视之下，他知道外叔公能理解他。"她来这儿是为了外叔公，"雅登压低声音说，"不是为了我。"

摩斯警长挤出一丝和善的微笑，雅登知道，爸爸是想等没人时再发火。摩斯警长冷冰冰地说："你知道，我没法相信你。"见旁边有人朝他们看，摩斯警长便谈起天气，问等候室里有多少人。

"真的，我发誓，我一直都躲着她。"

"以后再说。"

"我们真的没什么。"

摩斯警长轻轻地点了下头，雅登明白，再说什么都没用了。不知爸爸什么时候才会明确表态，可是雅登还是表现得十分恭顺——为了弥补自己的过失，他只能如此。

不，他突然感到一阵反胃，其实他能做的不止于此。

他抓住爸爸的肩膀，用力捏了捏："你能来真是太好了，爸爸，"他大声说，然后给了不知所措的摩斯警长一个拥抱，"我还以为你要忙着安排安布尔的悼念会，脱不开身呢。"

整个等候室里的人也许都被感动了，他几乎能觉察到同情在空气中弥漫。雅登真想大吼几声，骂他们都是头脑简单的傻瓜。

摩斯警长拍了拍他的背，又轻轻推开他："一切都会好起来的，孩子。"摩斯警长的声音在房间里回荡，他的目光中夹杂着诧异：哪怕在安布尔去世之前，雅登对父亲也从未这样热情过，父子俩对此都心知肚明。"练球累坏了吧？赶紧回家洗个澡，我在这儿等你外叔公的消息。"

雅登顺从地点点头，努力克制住心中的厌恶，摆出一副焦急的模样，逼自己说："谢谢了，爸爸，多亏有你在。"他觉得这句话又酸又苦。真相与诅咒抗衡着，都想抢先从他嘴里喷出，然而二者都被压抑在心头。他没想到自己这么会演戏，"我帮你从自助餐厅带晚餐好不好？你最近总是加班，肯定饿坏了，真不知道你怎么撑过来的。"

摩斯警长发自内心地笑了——儿子终于肯配合他，表演父慈子孝这一幕给公众看，他怎能不得意？"谢谢，孩子，你还是好好歇歇吧，一会儿我们回家再聊。"

雅登强忍着一阵阵恶心，从病人中间穿过，走出等候室的自动玻璃门，听见身后有人在窃窃私语，听见爸爸在虚情假意地大家打招呼。摩斯警长更入戏了，被旁观者如众星捧月般围在中间。

他上了车，还是有些不放心，不知自己这次做得够不够好，爸爸会不会大发慈悲，放过他们。

他真想把"慈悲"这个词跟爸爸联系在一起，但他做不到。

29

我打开装衣服的箱子，在床上整理衣物。旁边还有一箱书，我打算一会儿再收拾。

梅伊女士的家没有沙克尔福德先生的别墅那样气派宽敞，不过倒干净整洁、现代感十足，这里的味道也比那栋老房子好得多。最棒的是，这儿有一间客房，而且她并没有把它当作储藏室来用。

我拿到了这里的钥匙，可以随便取东西吃，拥有了自己的卧室。这儿房租便宜，离"傲公鸡"又近，可我还是觉得缺了点儿什么。

这里没有沙克尔福德先生，没人跟我谈人生哲理，没人在吃早餐时与我谈笑风生，没人和我一起在凌晨四点对着焦糖芝士蛋糕垂涎三尺。

好在他还活着。医生说，他能熬过那次中风，简直是个奇迹。

不过我不能再住在他家了，接下来的几个月里，他需要全天候的看护治疗，因此我借用的房间要腾给护士住——那是他家里唯一一间没有堆着旧书、杂志还有可怕的动物标本的屋子。

而且上个星期，摩斯警长在医院里撞见雅登搂着我时，用表情给我下了最后通牒。如果我还不搬走，摩斯警长也许会对我不利。那天以后，我每天都给警察局打电话，想告诉他那是个误会，告诉他我并没有跟雅登在那里约会。不过摩斯警长太忙，总是不在，也没有回我电话。

他是个大忙人、大圣人。

算了。

我刚打开装书的箱子，诱人的香味就从楼下的厨房飘进了我的鼻孔。我循着香味走下楼去，看到矮柜上晾着一盘煎培根，下面还垫了餐巾纸吸收多余的油脂，弄得我口水直流。梅伊女士给我倒了一杯橙汁。

她拿起一片培根，咬了一小口："快收拾完了吧？"

"嗯。"我说，没有多少身外之物也是件好事，至少搬家容易。沙克尔福德先生还会说，拥有的越少，最后失去的就越少。

不过此时此刻，我却觉得自己失去了一切，这跟衣服、耳机、书籍之类的东西没有关系，我的心里只剩下了无尽的空虚。我跟雅登在学校还是形同陌路，我知道他爱我，所以这场戏更加难演。那天我没找到机会也跟他说那三个字——其实我是没有勇气说，也许他永远都不会知道了。

唯一让我高兴的是，我的家人很快就会到了。希望爸爸妈妈能可怜我，让我回家。我想看看那对双胞胎，更重要的是，我要催他们去办移民手续，如果能跟他们住在一起，督促起来也方便。

"最近你有沙克尔福德的消息吗？"梅伊女士问，将我拉回到现实。

"昨天跟他通过话。他说对心脏好的东西都特别难吃，说好久没喝威士忌，他都有幻觉了。"他还说，那个护士玲珑的曲线酷似阿根廷的山区公路，不过这样的话有些低俗，也许不该讲给梅伊女士如此高雅的人听。

"沙克尔福德总是这样。"

手机在我的口袋里振动起来，肯定是胡里奥。他最近总给我打电话，告诉我父母的行程。起初我们只说一两句，后来他愈加兴奋，开始聊一家团圆后的打算。但他并没有让我搬回去，因此我也不知道他是否原谅了我，还是看爸爸妈妈怎么说吧。

没错，是胡里奥的号码。"喂？"

"卡洛塔？"胡里奥声音闷闷的，好像感冒了，"卡洛塔，你都干了些什么？"

"嗯？怎么了？"我坐在桌旁，把手臂搭在冰冷的桌面上。

"卡洛塔，"胡里奥痛心疾首地说，"你是怎么得罪'解放者'的？他食言了！"他抽噎了一下，我还从未见过哥哥哭鼻子，"爸爸和妈妈到奥斯汀市时，正好赶上移民局的人在汽车站设了关卡，把他们拘留了。卡洛塔，妈妈说，她求了半天，警官才让她给我打电话。"

"天哪！"我叫道。梅伊女士担心地看着我，我不禁胡思乱想起来：警察是不是在搞突击检查，在我爸妈弟妹面前拔出了枪，把他们吓得魂飞魄散？也许没那么严重，也许他们只是想看看乘客的身份证明材料？"他们……他们受伤了？"

应该没有，因为胡里奥像没听见似的接着说："这就是他说的'护送'？我们把所有的积蓄都给了他，现在该怎么办？从头开始？"

我身上一阵阵发冷，胡里奥从来没有这样慌张过。

他又抽泣起来："告诉我，卡洛塔·贾斯敏·维格，你到底干了些什么？"

我只想到了在医院发生的事。"我什么都没干。"我冲梅伊女士勉强笑笑，用手势告诉她我要告退了，她点点头。

"别急。"我走进自己的卧室，心平气和地用西班牙语说，我关上门，坐在床上，压低声音，"他在医院看见我了，当时雅登也在。不过我不是去找雅登的，真的，胡里奥。我一直都躲着雅登，我没做错什么。"只是让他紧紧地抱着。尽管愧疚像厚厚的灰尘一样压得我透不过气来，但我还是不想道出实情。

"我只知道爸妈又得回墨西哥了，卡洛塔。你让我怎么相信你？你还会说真话吗？"

"你不该怪我，我告诉过你摩斯警长的事。"我又压了压音调，仿佛一说出"警长"这个词，马上就会死去。我紧张地看了看门口，怕梅伊女士会跟过来。"我把他的话都告诉你了，我说过我们的钱会打水漂，说过他是个坏人，可你就是不听我的。"但胡里奥并不会认错。

"都怪你，听见了吗？你来收拾这个烂摊子！"

我在他浸透悲痛的声音中闭上了双眼。胡里奥是最大的受害者，都是我的错。"我……我不知道该怎么办！"绝望逼得我歇斯底里起来。

"不行，卡洛塔。"

"胡里奥，求求你了。"可我也不知道自己在求什么。宽恕？

帮助？安慰？我根本就没有资格奢望这些。

"你男朋友呢？"胡里奥把声调提高了两个八度。我知道他现在心有不甘——我背着他谈恋爱已经是大逆不道，更何况我约会的对象是摩斯警长的儿子。他怎么能心安理得地接受这一切？

"那个雅登呢？"他的声音平静了一些，"他可以向他爸爸求情啊。"他的言语中透露出些许期望，我却对此十分反感。

我摇了摇头，不过电话那头的他看不见。"他跟他爸爸的关系并不好，胡里奥，他们俩是冤家对头。"何止。

"你好好哄哄他。"他断然道。

我做梦也想不到，哥哥竟然会怂恿我向男孩子献媚，看来胡里奥真的无路可走了。"我不能跟他讲话，你记得吗？"

"那有什么关系？反正'解放者'也没有遵守诺言！"

说得不错。我们跟摩斯警长的交易泡汤了，我用家人换来了一次跟雅登见面的机会——我居然感到了一丝欣慰，我鄙视起自己来。"雅登也没有办法。"

"那个叫沙克尔福德的家伙呢？你不住在他家吗？他总能帮你一把吧？"

灵感的种子在我脑中发出了芽，我脱口而出："沙克尔福德先生？嗯，没准儿他可以……"只是他不能直接帮忙。虽说沙克尔福德先生睿智博学、人脉颇广，但未必能阻止我父母被遣送回国。然而，就算没法把家人接到身边，也不能让"解放者"逍遥法外。"等我电话，好吗？你今晚还要值班？"

"当然了。"

"请个病假。"我挂掉电话，又拨通了雅登的手机。

30

　　雅登的车开进外叔公的庄园，月光倾泻在他抓在方向盘的双手上，令他心烦意乱，好在月亮旁还挂着几朵云彩——这次会面越保密越好。

　　他绕过车库，向别墅后面驶去。停车时，他发现纱门边靠着两辆自行车，烦乱的心情立刻被紧张所取代。

　　胡里奥也在这儿。

　　胡里奥，卡莉的哥哥，她扮演着严父角色的哥哥——雅登马上就要见到他了。雅登还从来没跟哪位姑娘的父亲见过面，以前他觉得自己绝对不会怯场，一定能表现得亲切和蔼、温文尔雅、心无邪念，让对方放下戒备。

　　此刻疑虑与自卑却如热气球般在他心中升起，压迫着他的胸膛，让他无法呼吸。

　　"现在情况很特殊，"他安慰着自己，"十分特殊。"

　　雅登打开纱门，走了进去，又将门慢慢地关上，生怕弄出一丝声响，惊动外叔公的护士。

他穿过空无一人的走廊，走进厨房。大家知道他要来，正在等他。他们围桌而坐，看上去像是在打牌，只是都阴沉着脸，仿佛玩得并不高兴。有一张脸特别引人注目——那人却不是卡莉。

即使是雅登，此刻也无法将目光从胡里奥身上移开。他比雅登想象中要矮，比卡莉高一点儿，跟卡莉长得很像，只是脸更宽一些、下巴的线条更硬朗些。他也在打量雅登，目光里饱含着愤怒。

"我害她妹妹被捕时，他就对我没什么好印象了。"雅登想。

"抱歉，我来晚了。"雅登说。其实他并没有迟到，不过这时客气点儿总没错，否则不论他说什么，胡里奥都会嗤之以鼻。

可雅登一心想给他留下个好印象。

卡莉不安地笑了笑，她憔悴不堪，似乎刚刚哭过。马上就要跟父母团聚，一切却都成了泡影，她怎能不难过？不知道她是靠什么支撑到现在的。

她扭头跟胡里奥用西班牙语说了些什么，最后两个字是"雅登"。胡里奥双唇紧闭，朝雅登点了点头。

雅登咽了一下口水，也点头示意。

"雅登，"卡莉说，"这是我哥哥胡里奥。"

"跟他说，我很高兴见到他。"雅登知道这只是客套话。

"他能听懂，他会说英语。"胡里奥又点点头。

"沙克尔福德先生说，最好派胡里奥去交涉。"卡莉说。雅登看得出，她并不愿意。

雅登扬起了眉毛——这跟他们最初的设想不符。他看着外叔公，问："怎么个'好'法？"

"我认识的人都不愿意得罪你爸爸，"沙克尔福德先生气喘吁吁地说，也许老人现在应该好好休息，"只要他那边的人得到风声，我们就寸步难行了。"

"警察的规矩？"卡莉问。

雅登和沙克尔福德先生一起点了点头。

"可是，为什么一定是胡里奥？"雅登问，"别人不行吗？"除了胡里奥，谁去都可以。卡莉要是失去了哥哥……后果不堪设想。

卡莉盯着面前盛了热可可的杯子："他固执己见，一定要去。"

"他是个男人，卡莉，"老人温柔地说，"男人必须为自己的选择负责。"

卡莉眨眨眼睛，泪水差点儿涌出眼眶："我明白，男人的担当。不过，这样太……危险了。"

"我知道，但别人都不可信。"老人说。

"太冒险了，"雅登帮卡莉求情，"除了胡里奥，肯定还有合适的人选。"

"相信我，如果真的有，我会不知道？"老人愠怒地说。

胡里奥拍了拍卡莉的胳膊，用西班牙语说了什么，卡莉答了几句，他便开始拼命摇头。"不，"他大声说道，"我去。"随后他又叽里咕噜地说了一大堆话，似乎很生气，雅登真希望自己能听懂——听了这些话，卡莉很难过。

"他说他不去不行，"卡莉轻轻地说，"这是他的事。"

"这是我们的事，"沙克尔福德先生慷慨激昂地用拳头捶着桌子，"你们的事就是我的事。"

"没错。"雅登说。他拉出一把椅子，坐在卡莉身边，竭力克制着轻吻卡莉的欲望——胡里奥正盯着他看。"我们同舟共济，"他冲外叔公点点头，"你们还说什么了？"

"你们需要钱，而我有很多。"老人对卡莉说，似乎没听见雅登的话。卡莉刚要表示反对，老人便颤巍巍地伸出一根手指，"别再说了，嗯？这个钱我花得值。"

"对啊，"雅登用胳膊碰了碰卡莉，"礼节、牙齿、身体——老头子都快糟蹋光了，不过钱还剩下好多。"

卡莉还是摇了摇头："好吧，不过我们怎么跟他说？"

"说是你们攒的不行吗？"雅登问。

"太快了，"老人说，"胡里奥一下子拿出这么多钱来，你爸爸肯定会起疑心。他这人毛病不少，但一点儿都不傻。"

"所以我们得跟他解释这钱的来历。"卡莉说。她双手捧着杯子，转来转去。雅登真想搂着她，抚慰她，告诉她一切都会好的，但胡里奥的目光一直都没离开他们俩——这绝不是一位开通的兄长。

雅登清清喉咙："让他先送你们的爸爸过来，好不好？"他对卡莉说，"一次弄一个人过来的话，说不定靠谱些。"

"对。"她说。

"不知他们现在有没有到墨西哥，"老人说，"如果你爸爸在递解出境处也有眼线的话，他们肯定没机会脱身。"

"我们还没跟他们联系过，"卡莉说，"只知道妈妈在汽车站给胡里奥打过电话。"

老人动了动吸氧鼻塞，把氧气管别在耳朵后面，看着胡里奥，说："除了爸妈，你还想让谁来？有女朋友吗？"

"没有。"胡里奥严肃地说。

"你要知道，"老人说，"雅登他爸爸是个狡猾的浑蛋，没准儿还会要你们。我们得万事小心。"

"我会的。"胡里奥如此有气魄，让雅登有些嫉妒。"我得做点儿什么，让卡莉的哥哥对我刮目相看。"他想，又暗自下定决心，等这件事过去了，就开始学西班牙语。

但愿这件事能赶快过去。

"你会有危险的，"雅登轻声说道，"真的。"他丝毫没有夸张。他真想马上结束这次谈话，劝他们不要冒险。不过外叔公的主意很棒，而且，一旦成功，他就可以无忧无虑地跟卡莉在一起了。

可是去冒险的人不是他，而是胡里奥。

但胡里奥已然成年，应该让他自己做决定。他知道雅登的爸爸权势熏天、无所不用其极。

兄妹俩对视着，又说了几句西班牙语。卡莉抿了抿嘴："他说，'好好照顾我妹妹，你哪知道什么叫危险？'"

沙克尔福德先生偷笑着啜了一口甜红茶。

哼。

31

　　雅登要煮咖啡，那台咖啡机很花哨，大概是他妈妈的。我心事重重，喝不下，而且在哥哥深入虎穴时兴味盎然地品尝高级咖啡，这实在说不过去。

　　此刻我只想尽快用雅登的笔记本电脑看看哥哥，以求心安。一种异样的感觉从心底升起——在这里，我跟雅登第一次接了吻；在这里，我对他父亲举刀相向。

　　这儿总有意外发生，希望今天一切正常。如果再横生枝节，我恐怕会晕倒。

　　"那我们上楼吧？"他说着，抓住我的手。我们俩的手十指交叉扣在一起，那种久违的踏实感又回来了。

　　他领我上楼，走进他的房间。他摆弄了一会儿笔记本电脑，终于收到了信号，胡里奥的影像出现在显示屏上。哥哥正坐在出租车里，准备去见"解放者"。胡里奥身上别的摄像头很小，而且装在一条金链上，宛若一颗宝石。但在我看来，它无异于一面迎风招展的红旗，惹眼得很——因为胡里奥一向节俭，根本没有金饰可戴。再说，摄像头刚好是那个象形链坠的眼睛，男人戴这样的项链简直荒唐至极。

可是沙克尔福德先生说，哪怕在萧条时期，这条项链也让他在生意场上无往不利。而且他所有的微型摄像设备中，只有这件他没在摩斯警长面前显摆过。"这是精品。"他说。

胡里奥倒是很喜欢这条奇怪的金链，我怀疑，他要是有钱，也许会买一大堆供自己赏玩。

没有沙克尔福德先生在，这间屋子空荡荡的，这次行动也不知能否成功。现在老先生被护士看着，根本无法脱身。医生说他心悸，我觉得是我们以卵击石的计划让他操碎了心。

不过我们演练了无数次，胡里奥知道如何见机行事。沙克尔福德先生也说，要看透利欲熏心的摩斯警长并不难。说到"利"，我能理解，但是"欲"呢？他还想要什么？

"你看他紧张吗？"雅登问。

我靠在床头，跷起二郎腿，可是在这件事情结束之前，我怎么都无法坐得安稳。其实结局就在那里——父母已经与我近在咫尺，却不得不转身离去。那对双胞胎弟弟妹妹不知何时才能跟我见面，我跟哥哥的努力业已付之东流。其实一切都结束了，我真想放弃所有，泡在眼泪中浑浑噩噩地度日。

但我不能放弃，因为胡里奥还在，因为胡里奥还在坚持。上帝啊，求求您，别让我再失去哥哥。

"紧张得要昏倒了。"我又何尝不是如此。胡里奥知道当前的形势很复杂，沙克尔福德先生不止一次地说过，摩斯警长翻脸比翻书还快。我知道胡里奥很害怕，今早他还祷告过——那是我第一次见他做祷告。

"他撑得住吗？"

"撑得住，怒气也会变成勇气。"真的。自从家人再次被遣送回国，哥哥的眼神就变得凌厉无比。我们又一次经历了骨肉分离的痛苦，我愤愤不平地摇了摇头。

"他会成功吗？"

"但愿吧。"

雅登拔下笔记本电脑的电源插头，把它搬到床上，让我过去看。他坐在我身旁，将笔记本电脑放在我们俩中间。借助摄像头，我们看见出租车司机转了好几个弯——我们第一次去见"解放者"那天也是这样，不过今天他们换了个地方接头。

胡里奥摆弄着黑色提包的提手，如果我拿着两万美元，恐怕也会这样焦虑。沙克尔福德先生说，这点儿钱根本不算什么，不过我觉得，背着这么多钱到处走——而且还是别人的钱，谁都会紧张不安。

出租车开进停车坪，我深吸了一口气："到了。"

胡里奥提着包下了车，给了司机一卷零钞，告诉他等一会儿。司机耸了耸肩，似乎嫌钱太少。不知这个司机替"解放者"接送过多少次"客户"。沙克尔福德先生让我们从上次那家出租车公司叫车，这些司机好像对郡内偏僻荒凉的地段特别熟悉。

胡里奥走上人行道，又踏入一栋办公楼，楼后有一片小树林，我的心随着他的脚步咚咚地狂跳不已。这座楼年久失修，墙皮早已大片大片地脱落，露出了里面的木骨架。电线从墙上的方孔中露出头来——也许那是装开关的地方。

胡里奥走向154号房间，换了只手提包。他摸了摸胸前的项坠，让我们眼前只剩下一片令人窒息的黑暗，不知他在做什么。

随后画面又恢复了。

"解放者"坐在角落中唯一一张折叠椅上，还是戴着那张丑陋的面具，面前没有桌子。

胡里奥好像有些不知所措，换作是我，也只能傻站在那里。

没过多久，"解放者"开口了："不是告诉你该把钱放哪儿了吗？"他的西班牙语讲得既地道又流利。真讨厌。

胡里奥清清喉咙："我……我不放心，有了上次的事，我心里不踏实。"

"你放不放心跟我有什么关系？"

"我只是想把钱一分不少地亲手交给你。"

"解放者"昂起头："我的手下很可靠，咱们别坏了规矩。"

镜头向下移动，胡里奥似乎蹲下了。我看见他把装钱的提包放在身边，顷刻之后，"解放者"的脸又出现在屏幕上，胡里奥在等他做进一步指示。

"你妹妹呢？"

"我不想带她来，我们俩闹掰了。她做了傻事，我把她赶出了家。她现在还小，还是别掺和的好。"他讲得很自然，因为这些都是实话，刺耳的实话。

"你这人挺有意思啊，胡里奥。不过，既然我没能送你父母回来，你为什么又要让我去接你女朋友？"

这个问题我们演练过，可摩斯警长这样直截了当，似乎在套胡里奥的话。我还记得，胡里奥在电话里说父母被拘留时，是那样伤心绝望。他会上当吗？

我拉回思绪，突然想到，这个人刚刚承认了自己是蛇头。很好，这样就行了吗？

不，还不够。现在我们只能证明"解放者"是蛇头，但无法指证他就是摩斯警长。

"有时天不遂人愿，我能理解。"表面上，胡里奥很平静，但我听出了他话中的愤怒，不禁紧张地攥住被子。"我愿意冒险试试，你名声很大，我知道你有办法。"

"你女朋友怎么在墨西哥，胡里奥？你从出生就没离开过这儿。"

糟了，我们没想到他会问这个。"我……我们两家的父母是好朋友。"胡里奥很快镇定下来。我冲雅登得意地点点头，松开了抓着被子的手。"我们经常发邮件，打电话。"哈，连我都快相信了。要是胡里奥真有女朋友该有多好，要是他真能买得起金链子该有多好。

但"解放者"还没问够："她是哪里人？多大了？"

胡里奥沉默无语，我的心脏像鼓槌一般，擂击着我的肋骨。很明显，他不知如何应答。"告诉你也可以，只是……这里让我很紧张，我得习惯一下。"

"你这条项链不错，不便宜吧？"

他再问下去就危险了，我觉得胡里奥周围的气氛紧张起来，不知道他自己感觉如何。"假的。"

"你是怎么一下子凑齐这么多钱的？求人帮忙？有多少人帮你，胡里奥？"问题像连珠炮似的飞向胡里奥。

胡里奥又犹豫了一会儿："抱歉，你到底想问什么？我打了好几份工，工地还发了奖金。再说，有谁能帮我？"

哇，胡里奥比我还会扯谎。我仔细端详着那张面具，想透过它看到"解放者"的真面目。

"答得倒是挺快。"

"你问得也不慢，干吗问这么多？"

雅登打了个响舌。"呼，"他小声说，仿佛我们也在那间屋子里，"我爸爸不喜欢别人质问他，这样不行。""解放者"猛地站起身来，似乎在验证他儿子的话："还轮不到你来问我。"说完，他从身后掏出一把手枪。我捂住了嘴巴，雅登惊慌地把手搭在我的腿上。

那条醒目的伤疤出现在屏幕上，我们可以用它来证明"解放者"的身份。而且那把枪也被清清楚楚地照了下来，不过这些值得哥哥冒生命危险吗？"把钱踢过来。"

希望胡里奥能急中生智，使出缓兵之计。我心急如焚，恨不得狠狠地掐他一下。雅登说过，他爸爸总是带着枪。雅登也说过，他爸爸带枪只为吓唬人，从来不动真格的。

雅登是不是弄错了？

胡里奥早有准备，"抱歉，"他说，"我并不想冒犯你。"这应该是实话，在枪口下，人人都会讲实话。

"闭嘴。"

我突然发现，此刻我哥哥的命完全掌握在"解放者"手中。

那一片除了他们俩，就只有等在外面的出租车司机，可他说不定也是"解放者"的手下。就算胡里奥被"解放者"杀死，短时间内也不会有人发现他的尸体。

我不想眼睁睁地看着哥哥送命。

"解放者"冲胡里奥走了几步："把项链拿来。"

屏幕上又只剩下一片黑暗。

32

　　卡莉还是没从浴室里出来，雅登隔着门，听见她在小声啜泣。"卡莉，我知道你很难过，不过我们得走了，我爸爸随时都会回来。"

　　"让他来！"卡莉怒吼道，"我要杀了他！"

　　"说不定他没开枪。"当然，谁也不知道他开没开。雅登发觉自己对父亲一无所知，他做梦都没想到，父亲竟然是个蛇头。"他还做了什么见不得人的勾当？他跟帕杜副警长一样，是个坏警察？这些事妈妈了解吗？"他想。

　　刚才他们并没有听见枪响，只听见一阵窸窸窣窣的声音。一切都有可能，说不定胡里奥已经脱身了。

　　笔记本电脑的显示屏中还是一片漆黑，什么都没有显现。

　　"他用枪指着我哥哥！他赶走了我的家人，雅登！我的！家人！你爸爸是个疯子！疯子！"

　　雅登把额头抵在门上："卡莉，拜托，我们去外叔公家吧。

我们说好去那儿集合的，还记得吗？就算胡里奥没去，外叔公也会有对策的。"

他不想告诉卡莉，他们手上的证据还不够——"解放者"一直都没取下面具。雅登问过格拉斯副警长，知道决定性证据的构成要素。那段视频根本不能说明问题，何况他们要指控的人身份极为特殊。

他爸爸会将这一切都湮灭掉。

身后传来了一阵响动，雅登清了清喉咙，不敢转身——他知道是谁回来了。真该死。

正是德韦恩·摩斯警长。

33

　　摩斯警长的声音让我如梦方醒,我的心中像是塞进了一团乱麻。我紧紧地抱着头,仿佛下一刻它就会从脖子上掉落。

　　"一号超级套餐,不要饮料。"摩斯警长说。

　　什么?

　　"卡莉,过来!"雅登轻声说。我拼命推开浴室门,差点儿撞到鼻子,随后跑进他的卧室。黑暗中,笔记本电脑的屏幕还亮着,把雅登的脸映得苍白无比,他沮丧地看了我一眼。

　　"怎么回事?"我扑到电脑前,屏幕上是一辆车的驾驶座位——那是警长的车,项链在他手上。

　　他握着项链,握着胡里奥拍下的证据。那么刚才……他谋杀了我哥哥,还有心情订餐?

　　"卡莉,"雅登说,"这是重要的证据,你看,面具还放在他身边,他逃不掉了。"

　　我屏住呼吸,点点头:"可是胡里奥在哪儿?"如果找不到胡里奥，这一切根本没有意义。我哥哥的命就换来了这个？我们真是太傻了！

雅登抿着嘴，说："我也不知道。你看，他马上就要到餐厅了，我们快走吧。别磨蹭了。"

我们向沙克尔福德先生家驶去，这条路变得如此漫长。我的胃里盛满了胆汁，我的脚不安地躁动着，我紧握在一起的双手抖个不停。

胡里奥，一定要在那里啊。

"没事的。"雅登说着，把手放在我的膝盖上，不过他并不像往常那样有底气。我把头转开，用余光瞥到了他惶恐的眼神。他直视前方，说："我爸爸！趴下！"

我极力蜷缩着，趴在车里，沙土的气味搔着我的鼻孔，想逗出几个喷嚏，但我只是喷了下鼻子。好在他爸爸开的不是卡车，否则一定会看见我。我不住地战栗着，脚边那只塑料袋也跟着我抖个不停，发出了可疑的声音。

雅登冲我"嘘"了一声，卡车慢慢减速，最后停下了。我听见雅登摇下车窗，打开了收音机。我真想夺门逃跑，又想冲过去掐死警长。我希望胡里奥正好端端地坐在他的后座上，希望我能救他。

我想放手一搏，但又没那个勇气。

我只能颤抖着趴在那里。

"怎么了？"雅登若无其事地问。

"你去哪儿？"

“去外叔公家。”雅登干吗说实话？天哪。

“干什么去？”

“老头子说照顾他的护士长得不错，让我去看看。您管得还真宽，没事吧？”

“十二点以前回家。”

“我想想再说。”我猜雅登要是一口答应，摩斯警长反倒会起疑心。雅登确实有心计。不待摩斯警长回话，他便踩下油门，让卡车一下子蹿出老远。我跪在他脚边，吐了。

34

"她不爱喝茶。"雅登告诉外叔公。

"不爱喝也得喝，"老人说着，把茶包放进盛满热水的杯中，"喝了，胃就舒服了。"

"她觉得我爸爸把胡里奥杀了。"雅登希望外叔公能给他一个确切的答案。

果然，"不可能，你爸爸是个孬种。"他拿起一片柠檬，在杯沿上用力挤了挤。

"您要是说他没那么坏，我肯定不同意。好在他到底没开枪，真让我松了一口气。"雅登说着，把手搭在桌上，坐直了身体，"您说他要那条项链做什么？他不喜欢金饰啊。"

"可他爱财。"

事情真的会这么顺利？"您认为他没发现那链子有古怪？"他扫了一眼楼梯，卡莉去洗澡更衣，过了半个小时还没下来。

外叔公叹了口气："你得从他的角度看问题。他刚愎自用，根本想不到胡里奥这样的人会耍心眼。"

"那胡里奥去哪儿了？"

"大概躲起来了。"

雅登摇了摇头："那样的话，他早该打电话报信了。"

"卡莉打过他的手机吗？"

"他没有手机。"

"那他还报什么信？"

雅登思绪纷乱，根本想不到这么多。如果胡里奥真的出事了，他该怎样帮她渡过难关？

他回忆起安布尔去世时的情景。葬礼过后，他坐在卧室中，客人则在楼下扯着纸巾、就着点心擦眼泪——其实他们大多不认识安布尔。到场的有几百人，其中不乏达官显贵，但这在雅登眼里毫无意义，对于安布尔来讲更是如此。后来，雅登被一群不认识、也不想结识的人围着，听他们介绍自己、致哀、讲姐姐小时候的趣事。牧师的演技也不错，对一位素未谋面的少女赞不绝口。当时，雅登觉得让一群虚情假意、心怀鬼胎的人来参加自己的葬礼，是世界上最糟糕的事。

现在他发现还有更糟的事：跟卡莉一起参加胡里奥的葬礼，而且他爸爸就是凶手。

如果噩梦成真，没人能帮卡莉渡过难关，包括他。

他自己又该何去何从？安布尔去世时，他崩溃过一回。而这件事会彻底毁掉他，毁掉他与爸爸之间仅存的那一点儿亲情。桥可以补，路可以修——也许等父亲老了，雅登长大了，他们不会再为安布尔的死而争吵不休，但这件事将成为雅登解不开的心结。

下雨了。雨点打在后门廊的锡顶上，雷声从远处传来，仿佛一阵阵怒吼。"外面漏水了，"沙克尔福德先生不知道，雅登也在自己心里挖了个大洞，"这个周末去修吧。"老人慢腾腾地摇着轮椅挪到橱柜前，拿出一个小氧气瓶。

后门猛地打开，又砰的一声关上，把雅登和老人吓了一大跳。随后两人听到了啪嗒啪嗒的脚步声，他们不约而同地伸长脖子望去，想看清楚来人是谁。雅登听出那人穿着厚重的靴子，后悔自己不该跟爸爸说那么多。摩斯警长不会亲自来找儿子，因为他打个电话就有人代劳。

卡莉在楼上，没人报信，她随时都会下来，到时候……

浑身湿透的胡里奥走进了厨房。

35

箱子又大又重，不好搬，好在不用走多远。我抱着箱子路过雅登的起居室，看见沙克尔福德先生坐在考究的皮摇椅中，一副有气无力的样子。

我停下脚步，放下箱子，低头问道："没事吧？"万一他旧病复发，可能连命都难保。不过他恢复得不错，连护士都辞退了。现在老人围着房子走一圈都不会太累，还自称每天都坚持做操。

但愿吧。

他白了我一眼："姑娘，不用担心我这个老头子，还是先管好你自己的事吧。"

"您看我们干这么多活儿，也够辛苦的。"我笑道，先把箱子抱到腿上，又捧着它站起来。雅登的妈妈突然提出，想在院子里办一次旧物展卖会，而沙克尔福德先生帮不上什么忙——如果他腿脚还利索，肯定会第一个跳出来，把摩斯警长的东西都扔出去。

"要我说，她就该把他的东西直接扔进垃圾堆，"他小声抱怨着，"要是我，我就这么干。"随后他闭上眼睛，往后一靠，不理我了。

我笑出了声，搬着箱子下了楼。

雅登正在餐厅里。"我来搬，"他说，"这箱子比你还沉。"

"我拿得动。"我躲开他伸出的手，一步都没停。

"厉害。"雅登用西班牙语说，发音还算标准。

"你们网校都教到这儿了？我以为你还在学《我不是企鹅》那课呢。"他学得很快，我给妈妈打电话时，他竟然能听懂只言片语了。

几个月以后，我们要去墨西哥看他们。雅登起初不想去，因为他不想打扰我们一家团聚，但胡里奥非拉上他不可，这让我惊诧不已。

终于可以回到爸爸妈妈的怀抱，终于能见到胡安妮塔和胡格——一想到这里，我便心花怒放。我买了一大堆糖果，准备拿上飞机带给他们。

雅登耸了耸肩膀："我自学的。有你这样的女朋友，这个词不会不行。还得再学几句骂人的话，没准儿什么时候用得着。"

"我妈妈听见你说脏话，肯定会让你用鬼椒擦嘴。"

雅登假装求饶，从餐厅桌子上拿起一摞他爸爸的衣服，跟着我进了车库。"万一你爸妈不喜欢我怎么办？"他低声问。他妈妈正在十英尺外的地方，整理猎枪一类的东西。

见她神态平和，我深感欣慰。她金发稀薄，眼袋很重，比我想象中的还要老。这几年来她一定备受煎熬，直到现在还心有余悸：这几个星期，她把自己家翻了个底朝天，还说它是美国南部最肮脏的地方。可她并没有打扫卫生，而是把德韦恩·摩斯的东西都扔了出来。她卖了摩斯警长的车，还把卧室粉刷了一遍。雅登说，自从安布尔去世后，还没见她这样勤快过。我们都认为，摩斯警长的影子宛若霉菌一般爬满了整栋别墅，而他妈妈想把它彻底清理掉。

我们很乐意帮忙。

我放下箱子，从雅登怀中接过西装和衬衫，放在另一摞衣物上面。随后我把他拉过来，捧起他的脸："他们会喜欢你的。他们现在就很喜欢你，你是他们的英雄。"

"可我总是给你惹麻烦，胡里奥才是真正的英雄。"

"我们很看重家人，雅登，而你为了我们不徇私情，把自己的父亲送进了监狱，这是打开我爸妈心门的钥匙。"

"而你是我的一切。"他低下头吻我，但我慌忙避开了。雅登的父亲被捕后，我只见过他妈妈几面，在她面前，我不敢太放肆，以免破坏了我在她心中的好印象。

"记者又来了。"他妈妈在我们身后说。

摩斯警长渎职的丑闻飘出了霍林郡，各大电视台在讨论移民问题时总会提到摩斯警长，同时附上胡里奥的照片。

这件事在媒体圈引起了轰动，一次采访过后，我那崭新的手机几乎被打爆了。前来找我和雅登母子的记者形形色色，有的阴险刁钻，有的施以利诱，有的则蛮横无理。

我和雅登的恋情变成了这场丑闻的花边，整个美国都想听我们的故事：佛罗里达州的少男少女突破重重阻碍走到了一起，最终将十恶不赦的蛇头绳之以法。甚至有人已经以此为题材，拍出了一部电影预告片——但愿女主角是一位有合法身份的拉丁裔美女。

有了胡里奥的证言，政府机关对这里的警察局进行了好几次审查，越来越多的人站了出来，指证摩斯警长——也就是"解放者"，连联邦调查局与国土安全部都被惊动了。我冷眼看着这一切，仿佛这件事跟我、胡里奥和雅登没有一点儿关系。

所谓的专家们在电视上吵得不可开交，争论是否应该对非法移民加强监管，争论胡里奥是否是正义的一方，争论这件事是否会促使总统修改移民政策。也许现在连美国总统都知道我的大名。

而我，只是一个默默无闻的姑娘。

雅登抱怨道："都插了好多'非请勿入'的牌子了，他们还不肯罢休？"

他妈妈点了点头："他们正朝我们这儿拍呢，要是我冲他们竖起中指，会播出去吗？"这位女士表面柔弱，内心却跟沙克尔福德先生一样倔强。

雅登咯咯地笑了："不试试怎么知道？"

于是她真的试了一下。

尾声

　　雅登把车停在卡莉和胡里奥的房车旁边。时间尚早，不过他带来了早餐——机场实在太嘈杂。这趟飞机要经过两个中转站，但到时候他们只能胡乱扒上两口，而且谁知道飞机上的饭菜合不合口味？妈妈特地焗了一个早餐锅，雅登不想辜负她的一番心意。

　　他敲了敲门，胡里奥出现在门口，狡黠地用西班牙语说："早安，雅登。熊吃面包吗？"

　　雅登笑道："熊才不吃面包呢。"几个星期以来，胡里奥总抽空儿考他，想把他难倒。

　　"卡洛塔在她自己的房间里呢。"胡里奥依然讲着西班牙语，只是语速放慢了些。

　　"谢谢，"他将早餐放在桌上，"我妈妈做的早饭。"他也不知道这句西班牙语讲得对不对，可胡里奥听懂了。

　　"太棒了。"

雅登走进窄窄的走廊，两旁的木板墙挤着他的肩膀。卡莉坐在鼓鼓囊囊的行李箱上，想把拉链拉上。"我们不是要搬过去住吧？"雅登把她拉起来，吻了她一下，随后蹲下帮她弄拉链，"你把要穿的衣服都塞进去了？"

她叉起胳膊："才没有呢。没带鞋子，那边有。"

见她有这么多衣服，雅登暗地里替她高兴。他们初识时，她一周里至少有两天穿着同样的衣服。如今她才像普通女孩子一样，时不时地给自己添两件新行头。

"问你点儿事，你能老实回答吗？"她坐在床上，问道。

"应该能。"他拉好拉链，把箱子立起来，好重。

"我是不是应该把钱还给沙克尔福德先生？这个问题我们谈过，我也知道他不会要。可是胡里奥昨天才知道，那钱是赃款，被没收了，可能拿不回来了。"

雅登一直想抛开这件不堪的往事，但它总是阴魂不散。他怀疑自己究竟能不能跳出这件事的旋涡，让它变成一段回忆。

雅登靠在她的梳妆桌上，觉得自己是这片小天地中的巨人："外叔公是富豪中的富豪，区区两万块，他根本不放在眼里。"

"可他是个有原则的人，原则上，我应该把钱还回去。"

"那你就省吃俭用，攒够两万块以后，把钱给他看看，哄他高兴，然后给自己买辆车。怎么样？"

她笑道："相信吗？我们终于要去墨西哥了。"她唇膏的颜色真诱人。他坐在她旁边，把她搂在臂弯里。此时此刻，哪怕山崩地裂也无法打破他心中的宁静。卡莉终于要跟家人团聚了，而这份极具特殊意义的欢乐，他可以跟她一起分享。生活真是妙不可言。

"你有一段时间不能去训练了，教练怎么说？"她问。

"他祝我一路顺风。他还能说什么，不让我去？"其实他要缺席暑假特训令纳尔逊教练十分不满。不过雅登做了保证，今年就让别人去出风头，等到明年他念高四，球场会变成他的天下。

命运开了个玩笑：他能回去打球，都是爸爸的功劳，但观众席上再也看不到他的身影了。摩斯警长很喜欢欣赏儿子在赛场上的风姿，如果父子俩早先以此为起点，审视二人的关系，寻回逝去的亲情，现在还会这样水火不容吗？

谁知道呢？摩斯警长不是好人，不是好丈夫、好父亲。雅登也不知该如何寻找这个问题的答案。像他那样的人会改过自新吗？六个月以前，雅登必然会予以否定。然而当格拉斯副警长把德韦恩·摩斯双手铐起、押上警车时，雅登看到，爸爸的脸上写满了愧疚。

如今格拉斯是代理警长。也许正如他所说："罪犯只有在被捕时才会心生悔意。"

一切只待时间来揭晓，而他并不着急。现在他有的是时间，卡莉也会陪着他一起等。

"作业做了吗？交了吗？"卡莉打断他的思绪，问道，"你要是想争取橄榄球奖学金什么的，就不能荒废学业。而且，万一你不能靠打橄榄球上大学，明年就得多上课，自己考。"

"我当然能。不过，是，'老妈'，都做好了。你没看见，我交作业的时候，塔克先生差点儿吓昏过去。"

她笑出了声:"他问我是不是在替你写作业。"

"他就是看我不顺眼。"

"他只是好奇你为什么一下子变成了乖学生。"

雅登坐直身体,俯视着她——她的睫毛总是让他着迷。"我也奇怪着呢。"他为什么勤奋起来了?为什么不再去搞恶作剧了?为什么开始认认真真地做作业?为什么一到晚上就酣然入睡?其实他心知肚明。他注视着她:让他脱胎换骨的魔力,全都蕴藏在这位迷人可爱、曲线玲珑的姑娘身上。

她正盯着他的嘴唇看,让他忍不住想吻她。她与他心有灵犀:"那你有什么打算?"她深吸一口气,问。

他低下头,两人的鼻尖几乎碰到了一起。"我想好好生活——生活,不仅仅是活着。"他轻吻了她两下,"我在你心里吗,卡莉?"他轻声问,"我心里有你。"

"你永远在。"她小声答道。

有这句话,他别无所求。

图书在版编目 (CIP) 数据

午夜一起去兜风 / (美) 安娜·班克斯著; 蔡鑫译.
-- 南昌: 二十一世纪出版社集团, 2016.10
(零时差·YA 书系)
ISBN 978-7-5568-2214-0

Ⅰ.①午… Ⅱ.①安…②蔡… Ⅲ.①长篇小说—美国—现代 Ⅳ.①I712.45

中国版本图书馆 CIP 数据核字 (2016) 第 210781 号

JOYRIDE by Anna Banks
Copyright © 2015 by Anna Banks
First published by Feiwel & Friends, a division of Holtzbrinck Publishers, LLC.
All rights reserved.

版权合同登记号　　14-2016-0245

午夜一起去兜风 (美) 安娜·班克斯 著　　蔡　鑫 译

编辑统筹	魏钢强
责任编辑	刘晓静
装帧设计	费　广
出版发行	二十一世纪出版社集团 (江西省南昌市子安路 75 号　　330009) www.21cccc.com　　cc21@163.net
出 版 人	张秋林
经　　销	全国各地书店
印　　刷	江西华奥印务有限责任公司
版　　次	2016 年 10 月第 1 版　2016 年 10 月第 1 次印刷
开　　本	1/32
印　　张	8
书　　号	ISBN 978-7-5568-2214-0
定　　价	26.00 元

赣版权登字 04-2016-609　　版权所有, 侵权必究
发现印装质量问题, 请寄回本社图书发行公司调换 0791-86512056

零时差·YA 书系
阅读与世界同步

这是一份礼物。

无论你多么的留恋童年，13 岁的你也永远告别了混沌和童稚；可只要没参加庄严的成人仪式，即便 17 岁了也有可能被人称为"小屁孩"。那么好了，这份礼物就是为你准备的，因为你就是 YA（Young Adult，年轻的成年人），祝贺你成长为了现在的样子！

13—17 岁，这是一个梦想更为清晰、天地更为广阔，可也纠结着种种烦恼、迷茫与困惑的年龄。童年正在远去，成人世界隐隐约约地展现出了它的真容。和大洋彼岸的同龄人同步阅读，"零时差·YA"书系满足了这一时期的你拥抱世界的渴望。无论是紧贴现实的故事，还是充满着幻想魅力的文字，都是对你最好的陪伴和激励。体验文学的感动，吸取青春的力量，跟随着身边响起的不同肤色的伙伴们的足音走出迷境，迈向心智成熟、人格独立的阳光地带；然后，从这里再度出发，继续你的漫漫人生……

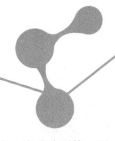

我爱这样的书：当我读到第二页，真实鲜活的人物形象便能跃然纸上。我还爱非常高明的故事设定。《托德日记》两者兼备。机智和幽默的叙述让我们看到了这个有魅力的、愤怒的年轻人的内心。

—— 美国著名作家 克里斯·克拉彻

托德日记

将科幻、医学惊悚和青少年成长三类小说美妙地融为一体，丝丝入扣，以飨这三类小说的爱好者。

—— 学校图书馆杂志 星级评论

宠爱珍娜

说出来

残忍和恶意弥漫在当代的高中生活，就像今天的头条新闻一样真实。该书让人看到令人恐惧并警醒的场景……情节扣人心弦，人物描摹浓墨重彩。这是一本令读者难以忘怀的书。

——科克斯书评

山羊

一本引人入胜、意味深长的小说，糅合了野外生存、心理探索、扣问现实等多个主题……一部重要的作品。

——美国《号角书》杂志

故事回肠荡气……作者创造了一个惹人爱怜的、敏感而复杂的女孩……

——纽约时报书评

守护夜晚

全世界都想我们在一起

通过十四个视角讲述故事，很容易产生不协调的杂音，但它读起来十分顺畅，情节非常紧凑。加布和莉亚在诸多第一人称叙述中显得非常有趣，但不同视角的叙述以及由此形成的反差也非常有意思……向喜欢迅速进入故事的浪漫小说爱好者推荐。

——美国《青年之声》杂志

活在你的生命里

"一次揪心的发现自我的旅程。双胞胎妹妹艾拉的处境越来越复杂,我发觉自己不由地深深沉浸在她的挣扎之中。这个人物非常有说服力,以至于她那不可思议的选择竟然变得如此合乎情理。"

——美国作家斯科特·布莱登

上帝想告诉我:那些与我们不一样的人,
究竟需要什么。
于是,上帝选中了我的姐姐夏天。
夏天越来越古怪,也离我越来越远,
可是上帝啊,我并不想失去她......

夏天往事

布鲁克林大桥

这个故事关注于犹太移民在二十世纪初期在纽约市的经历,将一个男孩的个人体验与一个群体历史性的抗争交织在一起,情节错综复杂,直到最后一章,那些隐藏的关联才显露出来,读者也会返回去再读这个扣人心弦的故事的起始部分,并会以一种全新的方式看待每一件事。

——《书单》